BOA NOITE A TODOS

EDNEY SILVESTRE
BOA NOITE A TODOS

EDITORA RECORD
RIO DE JANEIRO • SÃO PAULO

2014

Cip-Brasil. Catalogação na publicação
Sindicato Nacional dos Editores de Livros, RJ.

       Silvestre, Edney, 1950-
S593b   Boa noite a todos / Edney Silvestre. – 2. ed. –
       Rio de Janeiro: Record, 2014.

       ISBN 978-85-01-04175-3

       1. Novela brasileira. 2. Teatro brasileiro (Literatura). 3. Ensaio brasileiro. I. Título.

                              CDD 869.9
14-14762   CDU 821.134.3(81)

Copyright © by Edney Silvestre, 2014
Tradução do poema na p. 5: Marcelo Backes
Projeto gráfico de miolo: Regina Ferraz
Capa: Leonardo Iaccarino
Fotos de capa: Getty Images
Pés: Harri Tahvanainen/ Folio Images
Parapeito: Jitalia 17/Vetta
Edifício: fotovampir/iStock
2ª edição
Texto revisado segundo o novo Acordo Ortográfico da Língua Portuguesa.

Direitos exclusivos desta edição reservados pela
EDITORA RECORD LTDA.
Rua Argentina 171 – 20921-380 – Rio de Janeiro, RJ – Tel.: 2585-2000

Impresso no Brasil

ISBN 978-85-01-04175-3

Seja um leitor preferencial Record.
Cadastre-se e receba informações sobre
nossos lançamentos e nossas promoções.

Atendimento e venda direta ao leitor:
mdireto@record.com.br ou (21) 2585-2002.

EDITORA AFILIADA

Nun der Tag mich müd gemacht,
soll mein sehnliches Verlangen
freundlich die gestirnte Nacht
wie ein müdes Kind empfangen...
Hermann Hesse, "Beim Schlafengehen"

(Agora que o dia me deixou exausto
Deve o meu anseio mais fausto
Receber, amável, a noite estrelada
Como se fosse uma criança cansada.)

A NOVELA QUE DEU ORIGEM À PEÇA

Chegou ao hotel em um táxi. Trazia duas malas. Em uma levava os três livros favoritos. Na outra, a roupa para o salto.

Usava um suéter de caxemira claro jogado às costas, sobre uma camisa masculina branca, calças claras, sapatos bicolores de salto médio.

Um figurino adequado para alguém de sua origem e classe social, ela considerara ao escolhê-lo. Discreto, suficientemente composto, mas claramente definidor para quem se desse ao trabalho de perceber — e tivesse informação e cultivo para perceber — minúcias do refinamento e proveniência da camisa de algodão comprada na Via Bocca di Leone, na última viagem que fizera a sua querida Roma, quatro anos antes, a perfeição das linhas retas e bainha dupla das calças de linho cor de sorvete de baunilha, confeccionadas sob medida no mesmo alfaiate londrino com quem seu pai, diplomata, mandava fazer os ternos até se aposentar, a sutil excentricidade da echarpe de seda em desmaiados tons de amarelo e azul a substituir o cinto, um dia obtida na butique da Place Saint-Sulpice de um costureiro da Avenue Marceau, o bom gosto dos sapatos bege, de bico azul-marinho, adquiridos na Rue Cambon, ainda naqueles outros, findos, longínquos tempos.

Alguma camareira ficará com tudo, ela reflete.

A ideia quase a diverte. Uma camareira metida em calças da Savile Row e sapatos Chanel. Talvez. Provavelmente. Ou a polícia recolherá. Ou entregará à sobrinha. Se Antonia aparecer para recebê-las, o que é pouco provável. Antonia não se abalaria de Londres para a cremação da tia a quem não vê há séculos, de quem não tem notícias há séculos, de quem não recebe uma carta, um telefonema, nem mesmo um cartão-postal há séculos e séculos, menos ainda para receber roupas velhas. Grifes antiquadas. *Tant pis.*

Ninguém escreve mais cartões-postais, Maggie, ela se corrige. Muito menos cartas.

Eu escreveria, ela mesma se contesta. Eu escrevia. Eu mandava. Não tenho mais a quem escrever. Não tenho mais o que escrever.

Minta, Maggie. Minta. Escreva banalidades como todo mundo. Ainda deve haver alguém em sua caderneta de endereços a quem possa enviar um cartão-postal.

É apenas um fichário velho, ela se responde, com capa de couro e nomes riscados de pessoas que já morreram, página após página.

Deve haver alguém, em algum lugar, Maggie. Escreva. Diga que está bem, que o tempo está ótimo, que a temporada na Côte está mais febricitante do que nunca, diga que Monte Carlo ferve com o *beautiful people* de toda a Europa, diga, escreva, bastam duas linhas ou três, conte que havia muito tempo que Courchevel não via tanta gente linda e interessante e que...

Courchevel? Côte d'Azur? Ninguém mais vai a esses lugares. Que coisa mais *démodé*. Tanto quanto a própria palavra *démodé*.

Você não vai mais, Maggie. Porque não pode. Não tem como.

Ninguém mais vai. Não as pessoas que importam. Monte Carlo tornou-se apenas um refúgio de novos-ricos e corredores de Fórmula 1 fugindo de impostos dos seus países de origem, e louras ucranianas à cata de rotundos senhores generosos que as queiram exibir.

Maggie, Maggie, ela se recrimina, desde a morte de Andy Warhol, no século passado, ninguém fala mais *beautiful people*, Maggie. Ninguém. Nem mesmo você.

Eu deveria ter jogado fora minha caderneta de endereços. A polícia vai revirar as páginas e não haverá ninguém a quem chamar. Deveria ter colocado um adendo explicando que Antonia é minha sobrinha? Minha única parente viva? Não importa. Nem trouxe a caderneta de endereços. E Antonia não virá. Claro que não virá. E por que viria? Sempre me detestou.

Antonia não detesta você, Maggie. Não tem inteligência para isso. Nem memória.

Claro que tem. É evidente que tem. Desde a morte da mãe, Antonia me detesta. Me odeia. Tem horror de mim. Por conta da morte de minha irmã. Minha bela irmã. Minha refinada bela irmã. Minha refinada, bela, loura, magra irmã.

Ela não era sua irmã.

Minha magra, loura, bela, refinada meio-irmã, sim. Claro que era minha irmã. Filha do meu pai com a escocesa. Mary, Queen of Scots. Por que estou me lembrando disso?

Por que está se lembrando disso, Maggie?

Quem foi Mary? Minha irmã loura, magra, bela e refinada não se chamava Mary. Minha meio-irmã se chamava... O nome dela era... Ela se chamava...

Não era Mary. Não era Mary. Não importa.

Certo, Maggie, ela concede. Não importa. O nome de sua meio-irmã não importa. Não importa mais.

Não quero pensar nisso.

Não precisa pensar nisso, Maggie.

Minha sobrinha sempre me culpou pela morte de Mary. Não era Mary. Era... Não importa. A linda mãe dela. A ruiva Tess.

Loura.

Ruiva.

Loura.

Tess? O nome de minha linda irmã ruiva era Tess? Sim, isso, Tess. Theresa. Tassy. Comprida, pernas longas, quadris estreitos... Tudo caía bem nela. Menos a vida.

Não pense nisso, Maggie. Não importa. Não tem mais importância.

Não sinto nenhum remorso. Nenhum. Nenhum, nenhum, nenhum. A morte de Theresa começou muito antes de ela jogar o carro contra uma árvore na estrada de... Naquela estrada, perto de Londres. A morte dela começou muito antes.

Não pense nisso, Maggie. Não recorde isso. Não trará nada que sirva. Não importa mais.

A morte de Tess começou muito antes. Acho. Não me recordo bem. Tem algumas coisas que parecem ter se apagado da minha mente. Sei que não fui eu. Não tive culpa. Não fui eu. Foi ele. Ele me procurou. Seu pai me procurou, querida Antonia. Seu adorável pai. O marido de Mary... Tess. Tassy. Tess. Theresa. Teresa. Assim é que foi. É assim que me lembro. Não importa. Sua mãe, querida sobrinha, sua mãe...

Esqueça, Maggie. Apague isso. Mitigue essa dor. Apague. Deixe ir embora.

Sua mãe, querida sobrinha, sua mãe, sua mãe Tereza, sua mãe Theresa, Tess, a linda Tess, a magra, linda, ruiva Tess sempre foi infeliz. Como minha mãe. Minha mãe era brasileira.

Pare de pensar nisso, Maggie. Simplesmente pare.

Sua mãe era linda e escocesa, como a mãe dela, Isabel. Isabel e Mary. Não: Isabel e Tassy. Mary era a rainha da Escócia e Isabel era...

Apague isso, Maggie. Apague.

Tassy, Tess. Teresa. Não importa. Lindas. As duas. Sua mãe e a minha. Minha mãe e a sua. Tess e mamãe. Lindas. Perfeitas. Chiques. *Soignées*... Idênticas na infelicidade. Iguais. Separadas apenas por um oceano.

Maggie, Maggie, Maggie, ela se repreende, quero que você pare imediatamente de trazer esse assunto de volta. Não quero ouvir mais nem uma palavra sobre esse assunto.

Se não fossem os barbitúricos, minha mãe teria cortado os pulsos. Ou aberto o gás. Ou jogado o carro contra uma árvore, como Tess. Sempre há uma maneira. O que eu fiz... O que eu fiz, não: o que seu pai fez. Ele... apenas apressou a decisão de Tassy. Tess. Ou o que nós fizemos, seu pai e eu. Não me lembro direito.

Aconteceria de uma forma ou de outra, Maggie. Não foi culpa sua.

Aconteceria, querida Antonia. De uma forma ou de outra. Mais dia, menos dia, sua mãe Mary... Tassy. Sua mãe Tassy. Tess. A linda filha loura e longilínea de minha madrasta escocesa. Elizabeth. Não. Mary? Isabel? A escocesa que roubou o marido de minha mãe. Que terminou por jogar minha mãe, silenciosa e meio cega, pelo resto da curta vida, numa cama, no escuro, na parte de cima de nossa casa.

Da casa de seu avô, Maggie.

Da casa do meu avô.

A casa para onde seu avô levou sua mãe, depois que ela se partiu, como um cristal, em tantos pedaços impossíveis de recompor.

Minha mãe era muito mais bonita do que a escocesa do meu pai. Tess não era minha irmã. Era meio-irmã, apenas. Fomos amigas quando crianças, mas...

Não.

Sim, fomos.

Não e não, Maggie.

Quando crianças, nós éramos...

Nunca, Maggie. Você e Tess nunca foram amigas.

Sua mãe e eu nunca fomos amigas, querida Antonia. Nem quando éramos muito meninas.

Esqueça o que aconteceu com Tess. Esqueça o que você fez.

Não fiz nada, diz a si mesma, com irritação. Não me desculpo pela morte de Tess porque não posso ser acusada da morte dela. Não me desculpo. Lamento. Apenas lamento. A vida não lhe caía bem. Eu, ao contrário...

Você não está se lembrando disso, Maggie. Você não deve. Não lhe fará nenhum bem.

Não me recordo de como aconteceu. Nunca imaginei que uma brincadeirinha erótica com o cunhado acabasse levando Tess a... Nem cunhado ele era. Meio-cunhado, existe isso?

Pense numa música, Maggie. Qualquer música. Você gostava tanto de música. Como era aquela canção alemã que você ouviu numa noite de gala, no Metropolitan de Nova York, aquela canção de Richard Strauss que a encantou tanto, na voz da majestosa *mezzosoprano* negra? Ouça, Maggie. É assim:

Nun der Tag mich müd gemacht,
Soll mein...

Lembre-se dela. Da canção. Pode lembrar, Maggie. A música acalma. A música serena sua inquietude, Maggie.

Ela ouviu, ou achava que ouvia, ou acreditava que ouvia, uma outra canção. A voz era da mesma majestosa *mezzosoprano* negra. A voz pedia, ou Maggie acreditava que pedia: "Thy hand, Belinda. Darkness shades me/ On thy bosom let me rest..."

Geoffrey chorava quando procurou por mim no pequeno apartamento onde eu já morava havia vários meses, depois de deixar a casa de papai e Isabel. Não podemos mais continuar nossa relação, ele disse. Soluçava. Chorava de soluçar. Não podemos ou você não pode, Geoffrey?, eu perguntei.

Gregory. O nome do seu cunhado era Gregory.

Sim, talvez fosse Gregory. Ou Jonathan. Ele ainda não era meu cunhado.

Gregory é o pai de sua sobrinha, Maggie.

Gregory chorava quando me disse que estava rompendo a ligação. Nem ele nem eu tínhamos dinheiro, eu havia acabado de começar meu pequeno comércio. Tess, ele me falou, aos prantos, Tess ao menos vai herdar alguma coisa, uma ou duas propriedades na Escócia, ele me disse, e eu perguntei se ele, Geoffrey, estava me trocando por algumas libras, mas ele disse que não, ele disse: Tess está grávida, ele disse que Tassy estava grávida dele, grávida de um filho dele, de Gregory, grávida de alguma coisa que ele enfiara em Tess porque ela pedira, seis meses antes, grávida de seis meses, assim Geoffrey me falou em frente ao prédio onde eu estava morando e onde nós nos encontrávamos, ele nem quis subir ao apartamento, ele disse, assim Gregory me disse, não, Geoffrey me disse, em lágrimas, soluçando como um tolo, e tolo ele era, Jonathan, Geoffrey, o pai de Antonia. Seu pai, querida Antonia.

Pense melhor, Maggie. O nome dele era Gregory.

Que importa? Não roubei Geoffrey, Jonathan, aquele chorão, da mãe de Antonia. Dois chorões, Geoffrey e Tess. Eu havia namorado Geoffrey antes. Gregory. Sua mãe o tomou de mim. Você já era nascida quando Geoffrey voltou a me procurar. Jonathan. Gregory. Foi seu pai quem me procurou. Eu não era bonita como sua mãe. Ela era ruiva, de pele muito branca, magra, com quadris estreitos e pernas longas. Bem diferente de mim. Eu nunca fui bonita. Não no sentido clássico de beleza. Mas eu era jovem. Eu tinha entusiasmo, eu tinha alegria, eu tinha... o que sua mãe nunca teve. Vida.

O porteiro uniformizado tirou o boné e abriu a porta do táxi para Maggie com uma mesura. *Très chic. Très faux chic.* Antes de descer do veículo, colocou os óculos escuros grandes e arredondados, que acentuavam a semelhança com Jackie Kennedy.

Quem ainda sabe quem foi Jackie? Tanto faz. Não importa.

Gostava que notassem, ainda que sempre pretendesse não ter em grande conta, a equivalência do desenho agudo dos maxilares, dos olhos escuros demasiado afastados, a semelhança dos seios pequenos, dos quadris largos...

Os quadris largos que deveriam significar a boa parideira, algo que nunca fui, nem sequer consegui engravidar. Em nenhum dos três casamentos. Jamais. Jamais. Jamais. Muitas vezes jamais.

Maggie caminhou com confiança. É assim que ela caminha. Assim aprendeu. É longo o percurso entre o táxi e a porta giratória do hotel, ainda que sejam necessários apenas uns poucos passos, do veículo amarelo que já partia à entrada de vidro e puxadores de cobre, muito polidos, do prédio de anódina estética internacional. Sempre fora assim: qualquer trajeto em público era, para ela, um trajeto penoso, árduo, puro teatro. Todos os trajetos. Assim entrava nos lugares. Teatralmente confiante. Uma atriz diante de uma plateia a qual teme e precisa conquistar imediatamente, no exato instante em que é vista pela primeira vez. Assim aprendera. Assim atravessava os salões. Como fizera ao ver o dourado Harry no outro extremo da casa de campo, num sábado frio de janeiro. Assim vai entrando no hotel.

    Algumas horas, é tudo de que preciso. Um pouco de tempo. Pouco.

    A voz retorna. De onde? Por quê? A voz canta em inglês agora.

> *May my wrongs create*
> *No trouble, no trouble in thy breast.*
>
> *Remember me, remember me, but ah!*
> *Forget my fate.*

Não.
Sim.
    Não, Maggie, não traga essa canção de volta. Não essa. É uma canção de morte, não de descanso. Você não pode. Não aguenta.

    Não posso por quê? ela se questiona, impaciente. Porque pede *"remember me"*? Porque implora *"forget my fate"*? Sem piedade. Não preciso de piedade.

Todos precisamos de piedade, Maggie. Em algum momento de nossas vidas, todos precisamos de piedade.

Eu não preciso. Nunca precisei. Nem hoje, nem nunca. Não sou como minha mãe.

Algumas pessoas são mais frágeis, Maggie. Como sua mãe. Como Tess. Você aprendeu a ser mais resistente. Desde pequena.

Não faça barulho, as babás e as empregadas da casa do avô lhe diziam. Fique quietinha, as babás, as empregadas, as enfermeiras da casa de seu avô lhe diziam. Barulho é como agulhas sendo enterradas na cabeça de sua mãe, elas diziam. Silêncio, lhe diziam. Você quer enfiar agulhas na cabeça de sua mãe, quer, quer?

Não usava nenhuma maquiagem. Prendera os cabelos, tingidos de preto, em um rabo de cavalo, mas soltara-os a caminho do hotel e abrira a janela do táxi, para senti-los ao vento. Sempre gostara de vento nos cabelos. Mesmo naquele inverno britânico de mil novecentos e... E quantos?

Não importa, ela se diz. Naquele inverno, isso lhe basta.

Naquele inverno, em algum tempo entre os anos 1960 e 1970, Maggie não sabe mais quando, naquele inverno, ela saía para fins de semana fora de Londres. Ia a propriedades rurais de gente cujos nomes não recorda, nem isso lhe importa, ou tenta se convencer de que não importa, não de verdade, pois lembra serem nobres, quase nobres, descendentes bastardos de nobres, empobrecidos, mas esnobes, em suas casas sem aquecimento, em castelos já sem os móveis, vendidos em leilões ou para novos-ricos americanos, nobres e quase nobres de dentes acavalados, quem eram não importa, importa que ela chegava com os cabelos pretos soltos em um pequeno conversível verde, talvez não fosse verde, talvez fosse azul, talvez não fosse dela, mas sim de algum namoradinho descendente de nobres sem dinheiro, algum rapaz pálido, de dentes acavalados, dono de um miniconversível que tivera um par de proprietários antes dela, ou antes dele, mas que o jovem pálido de dentes acavalados permitira que ela dirigisse quando foram à propriedade dos pais dele, em alguma área rural da Grã-Bretanha, a caminho do País de Gales, ou talvez fosse... Talvez fosse...

 O carro não era seu, Maggie.

 O pequeno conversível prata era meu.

 Você não sabe dirigir, Maggie.

Talvez, naquela manhã de inverno, eu tenha permitido que ele dirigisse o meu miniconversível. Eu tinha ciúmes daquele carrinho, não queria que ninguém o tocasse, mas, quem sabe, naquela manhã daquele inverno eu ia ao lado, no banco ao lado, que diferença faz, o carrinho tinha lataria ruidosa e nele eu gastara todas as libras ganhas com a venda de balangandãs e cópias de santos barrocos comprados na Bahia e em Minas. Isso foi antes de conhecer Harry, o dourado Harry. Ele estava do outro lado do salão quase sem móveis da casa dos pais de... Daquele rapaz pálido, um namoradinho sem importância.

"*Hey there, Georgy girl, there's another Georgy deep inside*", la-la-ri-lalá-lari-larará-lará... Que canção será essa, *my dear God*, quando foi que...

O jovem louro, grande, bronzeado estava do outro lado do salão. Maggie pensara, no instante em que o vira, que o homem jovem se parecia com um ator de cinema cujo nome também se apagou, entre tantos outros sumidos. Se pudesse trazer o nome de volta, seria...

Maggie atravessou com passos firmes, decididos, teatrais, estelares, tal como havia treinado e ensinado a si própria, o salão da casa construída no século XVIII pelos antepassados então poderosos de seu namoradinho de fim de semana: uma vencedora. Estendeu a mão para o homem dourado e lhe disse, galanteadora, ousada, citando o ator de "Romeu e Julieta" com quem o achara parecido: Olá, você deve ser o Michael York. Ele sorriu, um brilhante sorriso branco e alinhado de americano, e lhe respondeu, com indisfarçável sotaque ianque: E você deve ser a Jackie Kennedy. Os dois riram. O americano e a brasileira riram. Alto. Tal como os ingleses detestam. E ali, com aquelas risadas inadequadas, começou a história do americano *wasp* dourado e a brasileira quase sósia de Jacqueline Kennedy Onassis.

Eu não era bela, mas era jovem. Mais bela porque era jovem e chegava de conversível. O meu conversível.

Maggie, você nunca teve nenhum conversível. Você nunca aprendeu a dirigir. Você tem medo de dirigir.

Ah, eu sei bem a impressão que causava ao chegar, um tanto despenteada, um tanto afogueada, completa e totalmente atraente, a bordo do minicarro.

Fascinante, sedutora, vigorosa, chegava de conversível, ela hoje acredita. Comprado com seu dinheiro, ela hoje se diz. Seu primeiro dinheiro próprio. O despertar de seu espírito utilitário. Seu pequeno comércio. Os santos e as pratarias trazidos do Brasil e vendidos aos apalermados ingleses e outros tantos europeus desembarcados na Swinging London. Quem não estava apatetado por haxixe ou ácido lisérgico — não ela, que detestava perder o controle — copiava as revistas de moda que abraçavam qualquer coisa que pudesse ser carimbada como étnica. Tal como o material que ela trazia da terra de seu pai, os *bijoux* e *objets d'art* vindos da exótica, ensolarada e verdejante América do Sul, onde as cidades despontavam no meio das florestas densas, adornadas por coloridas araras e orquídeas em tecnicolor.

Brazil, where hearts were entertaining June,
We stood beneath an amber moon
And softly murmured "someday soon"...

Sua madrasta foi contra, seu pai fingiu que não compreendia bem o que ela estava fazendo, suas colegas se espantaram. Comércio era coisa de gentinha, *very lower class. Feegahs? Bahlah-*

gandahns? Sim, sim, figas e balangandãs. Pois de que lhe adiantava estar em Londres, no final dos anos 1960, portando o bom par de sobrenomes brasileiros herdados da família pernambucana do pai, se vinham acompanhados apenas de rasa conta bancária? Ademais sugada em quase todos os centavos pela madrasta escocesa? Ademais perfurada pela eterna incompetência do pai?

A imagem que lhe vem é de um velho filme de Hollywood. Na frente de um cenário de papelão pintado representando o Rio de Janeiro, uma mulher com um cesto de frutas na cabeça canta. Ela sabe que sabe quem é a mulher com um cesto de frutas na cabeça. Apenas o nome não lhe ocorre no momento. A mulher na fita em preto e branco repete e repete o mesmo refrão.

O que é que a baiana tem?
O que é que a baiana tem?
O que é que a baiana tem?
O que é que a baiana tem?...

A mulher com um cesto de frutas na cabeça não tem o rosto que ela conhece dos velhos filmes de Hollywood. A mulher com um cesto de frutas na cabeça, girando as mãos e balançando o corpo na frente de um Rio de Janeiro de papelão pintado, tem a cara de Maggie. Ela se vê cantando: "O que é que a baiana tem?, oi, o que é que a baiana tem?, oi, tem pano da Costa, tem, oi, barato como convém, oi, tem prata vagabunda, tem, oi, pechinchas para ingleses tem, oi..."

Sua primeira invenção. Um comércio discreto. *Not at all lower class.* Quase chique. Quase. Figas, pulseiras, colares, panos da Costa, profetas de pedra-sabão, Virgens de madeira. *Your lovely* muamba, dizia a madrasta escocesa, com um indisfarçável tom de ironia. *My lovely* muamba, ela assumia, conforme se via dona de suas próprias libras e *pence*. *Her lovely* muamba levada em malas nunca abertas na alfândega inglesa, diante do passaporte diplomático garantido pelo trabalho do pai no Instituto Brasileiro do Café. Há muito, muito tempo. Tudo foi há muito tempo. Tanto que nem se lembra. Por mais que tente. Ficou para trás, na estrada.

So goodbye yellow brick road
Where the dogs of society howl...

O homem está vestido de palhaço ao entrar no palco: assim vem à sua memória. Não, ela rejeita, ele não estava vestido de *clown*. Suas calças são listadas. Suas calças não eram listadas. Estou certa de que eram listras largas, verticais, amarelas e azuis. Não eram. Amarelo e azul eram as cores das listras oblíquas da gravata da *private school* de Jonathan. De Gregory. Gregory, Andrew, *who cares*, quem é que se importa? Nem se viam as calças, aliás. Ele estava atrás de um piano de cauda preto.

Piano de cauda branco, Maggie.

Branco. Sim, piano de cauda branco. Ele também se vestia de branco. Uma casaca branca. De cetim. Ou seda. Óculos cor-de-rosa, enormes, cobriam boa parte de seu rosto. Ele cantava. "*So goodbye yellow brick road, Where the dogs of society howl...*"

Adeus, Harry.

Não me obrigue a escolher, Maggie.

Adeus, Harry.

Não me obrigue a escolher, Maggie. Eu te amo, mas amo a ele, também.

Adeus, Harry.

Não me obrigue a...

Adeus, Harry, adeus.

Outra voz canta. Outra canção. A mesma canção de antes. A mesma voz. Uma mulher de fartos cabelos longos e pretos, em um teatro muito alto e muito grande, em uma noite de gala. É abertura de temporada. Harry está sentado a seu lado, belo e magnífico. A luz sobre o palco faz que a pele negra da *mezzosoprano* se confunda com o precioso tecido azul-escuro de seu vestido longo, de gola alta. A voz parece mais grave ao reconhecer: "*Death is now a welcome guest...*"

O descanso. A paz. O mergulho no ventre das trevas. Basta estender a mão.

Basta que eu estenda a mão.

Não, Maggie, essa canção inglesa, não. É sobre morte. Não era sobre morte o que a *mezzosoprano* cantava naquela noite. Era sobre descanso. Era sobre a necessidade de repouso para tanta fadiga, para tanta...

Era sobre morte, ela contesta, erroneamente, talvez. Em alemão, cantava. Venha doce morte, ela entoava, "*Komm, süßer Tod*"... Bach? Talvez fosse Bach. Não está certa. Não se lembra mais. Nem de Bach, nem de Purcell, nem de tantas outras coisas, por que se recordaria de onde vem o convite do abraço para a doce morte?

Registrou-se com o nome verdadeiro. O de solteira. Tornaria mais fácil o trabalho de quem tivesse de identificar o corpo. Como imaginara, nenhum dos jovens poliglotas da recepção, vestidos em blazers azul-marinho e gravatas listadas de azul e amarelo, imitações tropicais dos uniformes de alguma escola da elite britânica, a reconheceu. Não teriam por quê. Parecia uma hóspede comum. Uma senhora de idade indefinida. Não tinham ideia de quem ela era. De quem fora. Há muito as colunas sociais não publicavam fotos suas. Nas raras ocasiões em que a citavam, era o penúltimo ou o último nome na lista de alguma festa de um personagem secundário da sociedade, em alguma coluna social secundária de um blog secundário, acotovelando-se em busca de atenção na internet.

Notou as gravatas deles, Maggie?

Sim, claro.

Reconheceu as cores estampadas nelas?

Um pouco. Um tanto. Mais ou menos. Sei que são de alguma escola da elite britânica. Não me lembro de qual. Não importa. É falso requinte. Requinte de imitação. Toda a sociedade aqui é de segunda mão. Sem requinte. Zero requinte.

Está com inveja do dinheiro deles, Maggie?

Não há o que invejar. Essa sociedade deles, dessa gente, se é que se pode chamar de sociedade, é composta por personagens secundários. Vieram lá de longe, da trigésima oitava fileira. Arrivistas como meu ex-marido PR, agora emoldurado por uma tolinha vinte anos mais jovem, paulistana como ele, vulgar e exibicionista como ele, sem um pingo do meu refinamento e do meu trânsito internacional.

Porém, porém muito melhor situada no mundo das finanças, não é, Maggie?

Quem? Tábata?

A nova mulher do seu terceiro marido. Não finja que não sabe sobre quem estamos falando.

Tábata. Ela se chama Tábata. Ou seria Samanta? Tábata? Eduarda? Algo assim. Nome de travesti. Ou de personagem de seriado de televisão.

Ela é jovem, Maggie. E rica.

Rico é o pai dela, o empreiteiro pai dela, amigo e financiador da carreira do governador do estado. De vários estados. Não me lembro. Tampouco me lembro do nome dela. Da menininha rica e vulgar por quem meu ex-marido PR me trocou.

Você disse que ela se chama Tábata.

Tábata, Samanta, que diferença faz? O ponto máximo da cultura dos pais dessa... dessa Tábata devem ser seriados de tevê. É o último refúgio dos pobres de espírito.

Maggie, os pais dela são riquíssimos. E mais jovens do que você.

É mesmo?, ela se pergunta, debochada, sabendo a resposta que dará a si.

É, mesmo, Maggie. Os pais dela são mais jovens do que você.

A nova mulher do meu ex-marido, ela se vê forçada a constatar, deve ser mais jovem do que minha sobrinha. Tábata deve ser mais jovem do que Antonia. Tábata? Ou Samanta. Mais nova que Antonia. Talvez. Provavelmente. Não me lembro da idade da minha sobrinha. Nem como PR avisou que estava encerrando o nosso casamento, nem como exigiu que eu deixasse o apartamento que tinha passado para o nome dele, com as procurações que assinei sem olhar, que eu deixasse as obras de arte, as ações que movimentava em meu nome, os quadros de... As telas de... E também as... Que importa? Ele. PR. Paulistas gostam de ser chamados pelas iniciais.

Qual é o nome de PR?

Ora! PR!

O prenome, Maggie. Qual o prenome dele? Você se lembra? Você não se lembra. Você só se lembra da frustração, da humilhação, do vexame de ter sido escorraçada, da mortificação de sua idiotice, do aviltamento de...

Piero. Não. Paolo. Pietro. Ora, que diferença faz? PR, pronto! PR, PR, PR.

Maggie, você nem sequer se lembra do nome de seu ex-marido.

PR basta.

E os outros dois, como se chamavam?

Henri foi o segundo. Harry, o primeiro.

Harry e Henri?

Harry, Henri e PR. Sim, eu sei, é possível confundir. Os nomes soam parecidos. Dá para confundir. Os nomes, só os nomes. Eram bem diferentes um do outro. Bem diferentes.

Ao rapaz de gravata com listras oblíquas azuis e amarelas que a atende com solicitude e um meio sorriso profissional, ao lado de outro rapaz de gravata com listras oblíquas azuis e amarelas, acessórios e cores que a remeteriam a outros rapazes usando gravatas semelhantes, e semelhantes blazers azul-marinho, nas cercanias de uma escola em Londres, se Maggie conseguisse acessar esses registros de sua juventude, apagados como apagado está o registro de como e quando viu pela primeira vez e se encantou com o rapaz americano com quem se casaria alguns meses depois, em local, circunstâncias, sons e cheiros do mesmo modo extintos pelo avanço dos pequenos e insuperáveis derrames em seu cérebro, ela responde com um meio sorriso, vago, espontâneo, sem perceber a condescendência do sorrir do atendente.

PR usava gravatas compradas em *free shops*. Gravatas de *free shops*, pelo amor de Deus! Não sabia que as boas grifes colocam ali o rebotalho de sua produção. Joguei todas fora. Gravatas, ternos, camisetas, sandálias — meu Deus, sandálias, ele usava sandálias de couro — e bermudas, sapatos, tudo, absolutamente tudo: para o lixo. Mas isso foi no começo.

O atendente apresenta a chave do apartamento 1503, no andar mais alto, conforme ela solicitara. Não é uma chave. É um cartão de plástico. Dourado com o logo da rede de hotéis em letras azuis. Nesse andar cada suíte tem decoração diferenciada — como gostam e abusam dessa palavra, diferenciada — e denominação de acordo, o jovem de sorriso benevolente lhe explica. A sua, acrescenta, é a suíte Marcel Proust.

Um dia, talvez numa tarde, quem sabe cedo, pela manhã, PR mostrou a Maggie que tinha incorporado tudo o que ela lhe ensinara. Tudo o que refinara. PR já sabia, à perfeição, como se vestir, comer, beber, fumar, comprar, esquiar, montar, ler — ou fingir que lia, onde passar férias, quem escolher e selecionar em uma reunião, mesa de jantar, sala vip de aeroporto, coquetel, festa, qualquer lugar que fosse, para estender a rede social que auxilia e mantém a ascensão. PR estava pronto. Não precisava mais dela.

A hóspede de idade indefinida, de cabelos levemente desalinhados porque os soltara e deixara ao vento dentro do táxi que a trouxera, tirou da bolsa comprada na Rue de Sèvres, em Paris, mais de quinze anos atrás, notas suficientes para pagar os cinco dias de hospedagem.

Suíte Marcel Proust. Ela riria se conseguisse.

Não tem mais nenhum cartão de crédito nem débito, conta em banco, poupança, nada. Coloca as notas sobre o balcão de mármore rajado. Não se preocupa se as contam ou com recibo que lhe oferecem. Não importa. Ficará ali apenas aquele dia. Apenas algumas horas. Bastam-lhe algumas horas.

É tudo de que preciso.

O rapaz de sorriso indulgente e refinamento de imitação chama um outro rapaz, também de boa aparência, com gomalina nos cabelos pretos menos bem cortados do que os dos outros dois, empertigado e formal como o treinaram, de pé não muito longe do balcão, ao lado das duas malas de Maggie, vestido com um uniforme para não deixar dúvida sobre seu posto abaixo do dos rapazes de gravata listada e blazer azul-marinho na escala da equipe do hotel cinco estrelas. Entrega a ele a chave-cartão da suíte 1503. O rapaz de uniforme pega a chave-cartão. Maggie percebeu, sem realmente registrar, que a pele da mão dele é bem mais escura do que a do atendente de blazer por trás do balcão de mármore rajado. Tem uma pequena tatuagem, três estrelas formando um triângulo, entre os dedos polegar e indicador.

    Maggie se vira, caminha em direção ao elevador. Sabe onde fica. Conhece tudo naquele lugar. Antes mesmo de ser o que é.

Nasci aqui.

O rapaz de uniforme, carregando as duas malas, a segue. Adianta-se para apertar o botão. O elevador chega em segundos. Uma caixa de madeira escura, com espelhos, molduras douradas. A palavra *sarcophage* lhe vem à mente.

Sarcófago. Quão adequado nesse momento, reflete, sem amargura nem escárnio. *Sarcophage*. Assim chamavam o elevador de dimensões mínimas, um acréscimo ao prédio do século XIX onde viveu com Henri, numa rua transversal à Avenue Foch, uma área onde só se veem velhos e turistas, ela reclamava, inutilmente, ao marido austríaco. Pouco importa, ele respondia, ficamos tão pouco tempo em Paris, estamos sempre viajando, indo de um lugar a outro.

O rapaz de gomalina no cabelo faz um gesto obsequioso que Maggie ignora, baixando os olhos para não se ver no espelho enquanto entrava. O carregador de malas entra em seguida e fica entre ela e a porta. Maggie mantém os olhos nas espáduas dele, de costas para o espelho. O elevador sobe.

Bastam-lhe algumas horas.

Saí do casamento com PR com uma mão na frente e outra atrás. Ou quase isso. Fiquei apenas com o *pied-à-terre* em Nova York, um estúdio no Upper East Side que comprei quando ainda estava casada com Henri, o produtor de faroestes vagabundos e lucrativos, rodados na Espanha, estrelados por canastrões e belas burras, mais um punhado de ações na bolsa de Nova York. Torrei as ações. Vendi todas. E fui viajar.

Um ruído metálico soava a cada andar por que o elevador passava. Era quase musical, quase como o instrumento pequeno, de cobre, formado por dois círculos, que ouvira em algum país do Oriente e cujo nome não lhe ocorria.

Viajei muito. Meses seguidos. Fui a... Fui a muitos lugares. Lugares exóticos. Na Ásia e na Oceania. Baratos. Não me lembro dos nomes. Onde meu pouco dinheiro valia bastante. Mas iria acabar. Estava acabando.

Brazil, where hearts were entertaining June,
We stood beneath an amber moon
And softly murmured "someday soon"...

Comprei algumas coisas lá, nesses lugares. Comprei, vendi, comprei outras, vendi. Um tanto como no começo, em Londres. Lá atrás. *My beautiful* muamba. Tal como antes. Tal como antes de conhecer e me casar com Harry. Tal como quando eu era jovem e saía para fins de semana a bordo do meu minicarro vermelho, com os cabelos ao vento e...

Then, tomorrow was another day
Morning found me miles away
With still a million things to say
And now, when twilight dims the sky above...

Porém eu não era mais jovem. Eu não tinha mais a mesma energia. Nem o passaporte diplomático. E já havia começado a me esquecer. As pastilhas. Se apagando. Minhas pastilhas. Essa coisa, essas coisas, como as pastilhas de pedrinhas, de mármore, aquelas, aquelas que formam desenhos e... E... Como se chamam, mesmo?

O futuro tinha chegado
E a manhã me encontrou muito longe
Com milhões de coisas para dizer
Mas, agora, as luzes iam diminuindo...

Eu estava numa dessas viagens, em um desses países quando... quando... quando percebi o que se passava comigo. Que era inevitável. Que era irreversível.

    O uniforme do carregador de malas é de lã, com leve brilho sintético. A jaqueta curta e justa acentua a magreza do rapaz.

    Perdi um voo porque me esqueci que embarcaria de sei lá onde para um outro lugar qualquer. Depois um outro. Quantas vezes, na chegada, eu olhava as malas na esteira e não reconhecia quais eram as minhas. Tinha que esperar até ficarem apenas as últimas. Aí eu podia pegá-las, sem medo de passar por constrangimento. Um dia acordei sem saber onde me encontrava. Era um hotel de rede, desses iguais no mundo inteiro. Foi a primeira vez que eu tive medo... disso. Desse... Dessa...

    Chegaram ao décimo quinto andar. O último.

    Nasci aqui.

    Maggie sai do elevador, seguida pelo rapaz de uniforme de lã sintética azul-marinho que carrega suas duas malas, uma contendo três livros, a outra, a roupa para o salto, mais o cartão--chave da suíte. A derradeira caminhada, pelo último corredor que percorrerá, pisando o espesso tapete cinza que abafa o ruído dos saltos de tamanho médio de seus sapatos bicolores comprados na Rue Cambon, dando passos à maneira como sabe para deixar claro que é uma vencedora, ainda é uma vencedora, sempre será uma vencedora, porque é ela quem decide seu destino, sua vida, e quando a dará por encerrada. Ela será a autora do próprio desfecho. Bastam algumas horas. Poucas. O suficiente para aprontar tudo.

Nasci aqui. Nasci na casa que existia aqui.

O *bellboy* coloca o cartão-chave magnético junto a uma caixa ao lado do umbral. Como se diz *bellboy* em português, Maggie se pergunta. Como se esquece de uma palavra tão corriqueira na própria língua?, ela se recrimina. A pequena luz vermelha da caixa ao lado do umbral da porta muda para verde, o rapaz usa a mão direita enluvada para girar a maçaneta, empurra a porta com o lado do corpo, enquanto a enluvada mão esquerda convida Maggie a entrar.

Havia uma casa aqui.

Maggie dá três passos, para, olha em volta. A suíte Marcel Proust é o arremedo de um pequeno salão parisiense do início do século XX, buscando um requinte mais imaginado do que real, atulhado de móveis demasiadamente dourados, poltronas e cadeiras forradas com tecidos inadequadamente mornos, uma grande cama coberta por uma colcha excessivamente cintilante. Na parede bem em frente, um grande espelho retangular, dentro de uma larga moldura dourada como o aparador abaixo, reflete a imagem de uma senhora de idade indefinida, vestida com discreta elegância, ao lado de um jovem esguio, uniformizado, segurando duas malas. A senhora tem parte do rosto coberto por um par de óculos redondos de lentes escuras. Vista de relance, a senhora de calças compridas de linho cor de baunilha, feitas sob medida por um alfaiate de Savile Row, uma echarpe substituindo o cinto, um suéter de caxemira claro jogado às costas, sobre uma camisa masculina branca de algodão, poderia lembrar, a pessoas de sua geração, Jacqueline Bouvier Kennedy Onassis, em fotos clicadas por paparazzi em ruas de Capri, em algum verão do século passado.

Não existem mais pessoas de sua geração, Maggie, ela se corrige.

Olá, eu disse, olá, eu disse, após atravessar o salão da maneira confiante e arrebatadora que tinha descoberto que dominava, olá, eu disse, olá, você deve ser... E o chamei por algum nome de um ator jovem e famoso naquela época, um rapaz louro cujo nome agora não me ocorre, olá, eu disse, você deve ser fulano, eu disse, zombeteira e sedutora, ao rapaz dourado, estendendo-lhe a mão. E você deve ser Jackie Kennedy, ele respondeu, imediatamente aderindo ao jogo e pegando minha mão em suas mãos grandes, bronzeadas, com alguns pelos, dourados como seus cabelos. E nós dois rimos. Alto. Abertamente. Inadequadamente. Como nossos anfitriões ingleses detestavam e reprovavam. Foi nossa primeira cumplicidade, aquele riso entre mim e Harry.

Dá uma nota de cinquenta dólares ao rapaz magro que trouxera as malas, sua última nota, ignora o espanto dele, passa o trinco antiquado, uma lingueta presa a uma corrente de metal dourado, depois da saída dele.

Olá, você deve ser...

Vira-se, olha em volta. Onde estava mesmo? Ah, sim. Aqui. No hotel, aonde chegara em um táxi. O hotel alto, que escolhera como último passo. Para o último passo.

Nasci aqui. Nasci na casa que existia aqui, bem aqui. A casa que demoliram para construir este hotel. Este hotel horrendo, nesta orla pontilhada por edifícios horrendos, habitados por gente horrenda. E vulgar. Bicheiros, pastores de novas igrejas evangélicas, políticos aposentados e políticos ainda ativamente corruptos, prostitutas de luxo, mafiosos russos, bandidos italianos, xeques das arábias, ex-misses, ex-juízes, ex... Nasci aqui. Bem aqui. Na casa em frente à praia, construída por meu avô quando este bairro era apenas um amontoado de areia, cortado por trilhos de uma única linha de bonde. A casa se foi, o estúdio em Nova York se foi, as ações se foram.

Era uma linda casa, de dois andares, toda de pedra.

Era um chalé, Maggie. De um único andar.

A casa era imponente, de frente para o mar, ao fundo do terreno, com um extenso gramado na frente. E um cajueiro. À esquerda do portão de entrada.

Era apenas um chalé, Maggie.

Meu avô era alto, tinhas olhos azuis — ou verdes — herdados dos antepassados holandeses que tinham invadido Pernambuco. Minha mãe tinha os mesmos olhos verdes — ou azuis — dele.

Sua mãe tinha olhos castanhos, Maggie. O pai dela era baixo, moreno, atarracado, bisneto de portugueses. Quem tinha ascendência holandesa era seu pai, Maggie. E indígena.

Por que estou lembrando disso? Que importa de onde vieram os antepassados do meu pai ou da minha mãe? Eles já se foram há tanto tempo. Que importa?

Não importa, Maggie, ela tenta se convencer. Não faz diferença.

Está encostada à porta. Decide trancá-la. Descobre que já está trancada.

Quando construíram este hotel? Nos anos mil novecentos e... sessenta? Nos anos setenta? Sim. Não, acho que não. Sei que foi quando eu estava casada com Henri. Não. Foi antes. Na época de Harry. Não. Antes disso. Quando famílias como a minha já não conseguiam manter suas casas nessa avenida em frente ao mar e...

Atravessa o quarto até as janelas panorâmicas. Apoia as mãos nelas. Encosta a testa. Os vidros duplos vibram levemente. Nenhum som os atravessa. Parece escuro lá fora. Tira os óculos. Continua escuro. Percebe que os vidros estão cobertos por uma película. Abre as janelas.

A luz amarelecida da tarde tropical e o aroma salgado do Atlântico invadem e tomam a suíte pretensamente parisiense, no topo do hotel erguido no surto desenvolvimentista do Brasil Grande, como trombeteava a propaganda da ditadura militar na qual seu pai tinha influentes relações, as quais ela ignorava, como se ignora uma escala incômoda num aeroporto a caminho de destino mais agradável.

Maggie fecha as janelas.

O formato da casa, a cor das paredes, a inclinação do telhado, o material de que eram feitas as calhas, o desenho das janelas, o tecido das cortinas, outras pastilhas retiradas de minhas lembranças.

Não são pastilhas, Maggie, outra vez ela se corrige.

Evidentemente que não. Não são pastilhas. Claro que não são. Eu sei que não são pastilhas. Apenas não me ocorre neste momento o nome que se dá a esses losangos, se é que são losangos, losango é aquela figura geométrica com lados demais, não se chamam losango aqueles, aquelas coisinhas que...? As que compõem aqueles painéis com imagens de santos em... Em... Naquela igreja cristã ortodoxa que virou museu, aquela que mais tarde chegou a ser um templo muçulmano em... Na Turquia. Em... Na capital da Turquia. A basílica na cidade que é, ou talvez tenha sido, não estou bem certa, creio que foi, a capital da Turquia. Santa... Santa o quê? Não são pastilhas, são... São pequenos losangos chamados... Juntos eles compõem imagens, como em um quebra-cabeça. Existem também na igreja de... de... Naquela igreja de Roma, em frente àquela praça do... Piazza... Igreja de Santa... Margherita? Maria?

Está claro demais no quarto. A luz intensa incomoda seus olhos. Coloca de novo os óculos.

Por que você não se deita, Maggie?, a ideia lhe ocorre. Deite-se. Ainda é cedo. Ainda não é noite. Você tem tempo. Descanse um pouco.

Estou muito agitada, admite. Não lembrar me deixa muito agitada. Não lembrar me aflige.

Não lembrar alivia, Maggie, ela se corrige. É o que você precisa. Alívio.

Preciso apenas de tempo, ela retifica. Algumas horas. Algumas apenas. Tempo, sim. Não preciso me deitar. Não preciso descansar.

A luz tropical parece devorar os brocados e os veludos da paródia de ambiente parisiense.

Os muçulmanos, tal como os judeus, não permitem imagens em seus templos, alguém lhe dissera, ou ela lera em algum livro ou folheto, faz muito tempo, possivelmente quando visitou a Turquia pela primeira vez, acompanhada de Harry, um casal jovem descobrindo as cores do mundo, ou uma década mais tarde, acompanhando Henri, que buscava locações para um filme sobre um espião britânico que foge de mequetrefes vilões soviéticos. Alá não pode ser representado, é grande demais, maior que tudo, está muito além de qualquer possibilidade de imaginação dos humanos, ela lera ou alguém lhe dissera, um guia turístico ou um amigo de Henri, quando visitava Hagia Sophia, no centro de Istambul. Por isso os muçulmanos, Maggie ouvira ou lera, ao conquistar o império bizantino, cobriram com massa, cimento e cal as imagens dessa igreja cujo nome ela não sabe e nunca mais saberá. Fizeram que as imagens, belas e coruscantes, desaparecessem. E assim permanecessem durante séculos.

Minhas imagens estão sumindo. Uma a uma. Os rostos, a cor dos cabelos, o formato das unhas, os cílios longos e negros de... De papai?

Da babá que cuidava de mim na casa do meu avô? Como era a casa do meu avô?

Como era realmente, é isso que você está se perguntando, Maggie?

Era aqui, tenho certeza.

Mesmo que não seja, que diferença faz agora?

A casa do meu avô, a casa que havia aqui antes de demolirem e construírem este hotel horrendo, tinha dois andares. Era toda de pedra, tinha dois andares, com uma varanda em arco no térreo. Na varanda, no térreo, havia um desenho desses, como os da catedral na Turquia e os da igreja em Roma, no piso da varanda da casa de pedra, no térreo, eu me lembro, havia uma imagem composta por essas... pastilhas. Não me recordo do desenho. Uma cesta com flores e frutas? Andorinhas? Céu e nuvens? Havia, também, uma varanda, menor, bem menor, no andar de cima. Mas as portas de acesso a ela ficavam sempre trancadas. As babás tinham medo de que eu ou meu irmão caíssemos de lá. Meu avô tinha medo de que minha mãe se jogasse de lá. Por isso montou um quarto para ela no térreo, no cômodo que antes era o escritório dele. Tudo ficava fechado, trancado, no andar de cima. Mesmo assim, o cheiro do mar entrava pelas frestas das janelas altas, de vidros bisotados. Tal como neste instante penetram aqui no quarto, mesmo com as janelas fechadas como estão.

Maggie caminha de volta às janelas e escancara os painéis de vidro fumê. A brisa do fim da tarde sopra do leste. As cortinas transparentes ondulam. Ela aspira fundo o olor pegajoso do sal. Alguns carros buzinam na avenida abaixo, onde o trânsito é mais intenso do que na pista do lado da praia. Quando o sinal abre, grupos de veículos, como blocos de metal, se deslocam em velocidade.

Rumam ao sul, ela reflete. Para casa. Para suas mulheres, seus filhos, seu uísque com gelo ou sem, o jantar com pouco colesterol — ou muito—, para outra noite de televisão e descanso antes de voltarem ao trânsito e dali ao escritório na manhã seguinte, para um dia inteiro igual ao de hoje, ao fim do qual sairão para este tráfego rumo ao sul. Amanhã. Não os verei.

Debruça-se no peitoril, fecha os olhos. Tenta imaginar como eram os sons e os odores naquela mesma avenida, naquele mesmo lugar, quando vivia na casa destruída para erguer este hotel. Não consegue. Cerra os olhos, tapa os ouvidos. Nada. Há um som oco apenas. O som de ouvidos tapados. Abre os olhos. Vê, no terreno ao lado, uma casa de pedra de dois andares. Uma das últimas casas da avenida. Talvez a última.

Uma dúvida lhe ocorre. Talvez essa casa ao lado fosse a casa do avô. Ou alguma outra próxima.

Não há outras casas nessa avenida, Maggie. Foram-se. Todas. Resta apenas essa. Aguardando alguma disputa judicial entre os herdeiros provavelmente, antes de ser vendida e destruída.

A nossa casa, a casa do meu avô, não tinha varanda. Tinha, isso, sim, uma grande sacada em frente à sala de jogos, no andar de cima.

Tinha mesmo, Maggie?

Não. Sim, tinha. Não. Não tinha. Tinha?

Você não tem como se lembrar, Maggie. Você ainda nem tinha completado quatro anos quando sua mãe se matou e você foi mandada para seu pai, na Inglaterra, num avião da Varig, sem acompanhante. Você passou a viagem inteira acordada.

Agora me lembrei. A casa com uma grande sacada em frente à sala de jogos era nossa casa

da serra. Toda família fina tinha uma casa na serra. Para as férias de verão. Fazia muito frio ali no inverno. Era uma casa sem aquecimento e sem tapetes. Com poucos móveis e...
　　As casas grandes, sem móveis, frias, eram na Inglaterra, Maggie. Aonde você ia com seus namoradinhos nobres ou seminobres. Seu avô brasileiro nunca teve uma casa na serra. Seu avô brasileiro era apenas um funcionário público.
　　Meu avô tinha, sim, uma casa na serra. Essa, sim, era toda de pedra. A casa da serra, sim.
　　Não, não era. Tinha um estilo colonial, varanda a toda volta e paredes cor de... de...
　　Nunca, Maggie.
　　Sim. Não. Sim. Sim. Nunca tivemos casa na serra. Ou melhor, tivemos. Sim, tivemos. Era bem grande, com poucos móveis, fria e... E...
　　As casas de que você se lembra, Maggie, ela observa para si mesma, eram aquelas para onde ia nos fins de semana, casas de pais de namoradinhos, ou de amigas, casas fora de Londres, no fim da primavera, no início do verão, no alto verão.
　　Não. Não eram casas em lugar algum da Grã-Bretanha. Quando era verão, vovô nos levava, a mim e ao meu irmão, para a serra. Passá-

vamos o verão lá. Mamãe ia conosco. As enfermeiras também.

Seu avô nunca levou vocês a nenhuma casa na serra. Sua mãe jamais saía do quarto.

Quando era verão, e em muitos fins de semana no inverno, íamos todos para a serra. Nós todos. Meu avô, minha mãe, meu irmão e eu. Ficávamos hospedados na casa de amigos da minha mãe. Era uma família de origem alemã. Ou suíça. Foi na casa deles que aprendi minhas primeiras palavras em alemão. Cheguei a falar alemão bastante bem depois. Falava alemão com Henri. Alemão e francês. Tínhamos uma casa na Toscana. Também de pedra. Como a casa de meu avô na serra.

Seu avô nunca teve…

Não era a casa de meu avô. Era a casa de uma família alemã, amicíssima do meu avô. Os dois filhos praticavam iatismo. Um deles morreu no avião brasileiro que se incendiou e caiu numa plantação de cebolas perto de Paris. Em mil novecentos e setenta e… E… Todos morreram. Os passageiros. Carbonizados. Todos. Nas fotos eles apareciam nas janelas, enegrecidos, as bocas abertas, como se gritassem, uivassem de dor.

Ela ouve. Urram. É terrível. Ela tapa os ouvidos. Mas é desnecessário. As vozes dos passageiros logo cessam. Todas as vozes desaparecem. Mesmo a própria voz. No imenso silêncio que se segue, brandamente, vem surgindo, subindo de tom muito suavemente, uma voz. É feminina. É a mesma voz feminina que volta a cantar, vinda Maggie não sabe de onde. Ela identifica a língua, embora não reconheça o significado das palavras. A voz feminina canta em alemão.

Nun der Tag mich müd gemacht,
Soll mein sehnliches Verlangen
Freundlich die gestirnte Nacht
Wie ein müdes Kind empfangen...

Onde ouviu isso, Maggie se interroga, como alguém tentando recordar quando sentira uma dor tão intensa que imaginava jamais poderia se repetir. Mas cá está. Cogita se era a mesma canção ouvida na voz de uma soprano sueca, em uma sala de concerto em... Ou a soprano era suíça, lhe ocorre. Ou alemã, ela duvida. Sabine, chamava-se? Ou seria Simone? Ouviu-a em uma igreja, lhe parece. Não, não. Foi em um auditório de formas arredondadas, com painéis de madeira e cadeiras de couro vermelho. Ou de veludo vinho. Um auditório não muito grande, numa cidade europeia. Era inverno e...

Não, Maggie, não, ela interrompe a própria divagação. Você ouviu essa canção quando...

Ouvi em Praga. Era inverno, nevava muito, foi difícil chegar ao teatro e... Não. Foi em Berlim. Tenho absoluta certeza. Foi em Berlim!

Não, Maggie, não foi em Berlim. A *mezzosoprano* está cantando em alemão, sim, na época você sabia o que as palavras significavam, você ainda não tinha começado a esquecer, você falava alemão fluentemente. Mas não foi em Berlim que você a ouviu.

Não foi em Berlim, tem razão, não foi em Berlim. Em Berlim existe a Filarmônica. O prédio da Filarmônica. Lá tudo é amarelado. Eu ouvi em um lugar menos... menos... menos moderno. Onde ouvi essa voz, essa canção? Em Amsterdã? Fui tão poucas vezes à Holanda. Não tínhamos amigos lá. Harry e eu não tínhamos amigos na Holanda. Henri tinha. Amigos. Na Holanda. Investiam nos filmes dele. Um desses filmes era sobre um rapaz bem jovem e magro que se apaixona por uma soprano negra, um rapaz com cabelos sempre emplastrados de gomalina, sempre usando um casaco curto, de lã azul-marinho, que acentuava a magreza dele. Ele tinha três estrelas tatuadas na mão, entre o polegar e o indicador. Nesse filme é que a soprano, uma diva da ópera, uma negra linda, vestida num longo branco de um ombro só, cantava essa canção. Eu a ouço, com a voz muito límpida, como uma... Como uma...

Hände, laßt von allem Tun,
Stirn, vergiß du alles Denken...

Não era um filme. Ouvi quando... Quando eu era casada? Pela primeira vez? Com o americano herdeiro das lojas de artigos de pesca? Eram lojas de artigos de pesca? Nunca fui lá. Ao estado onde a família dele tinha a rede de lojas. Idaho. Ou seria Iowa? Utah? Eles têm tantos estados, mais de... trinta. Mais de... Muitos. Com nomes estranhos. Dakota. Arkansas. Winsconsin. Delaware. Oregon. Nebraska. As lojas eram em Nebraska? Eram num estado onde os americanos gostam de pescar. Nebraska ou

Oklahoma. Não. As lojas eram no Kansas. Mas tampouco fui ao Kansas.

Uma casa de formas simplórias passa girando por sua mente, dentro do cone de um furacão. A imagem é tosca, em preto e branco. Nem mesmo registra do que se trata, porém se ouve dizendo, alto, *"You are no longer in Kansas, Dorothy."*

Por que você disse isso, Maggie?

Isso o quê?

"You are no longer in Kansas, Dorothy."

Eu não disse isso.

Acabou de dizer, Maggie.

Não posso ter dito porque nem sei onde fica. Nunca fui. Nem ao Kansas, nem à Holanda.

Sim, foi.

Sim. Fui. Claro que fui. Fui para lá solteira. Para a Holanda.

Solteira?

Entre o primeiro casamento e o casamento com Henri. Henri? Não. Estou me confundindo outra vez. Harry era o nome do americano herdeiro da rede de lojas de artigos de dez *cents*. Meu primeiro marido. Harry alguma-coisa III. Harry The Third. Como se fosse um nobre. Ignorante, seguro de si como todo ignorante. E belo.

Louro, dourado, alto. Ele e eu ouvimos. E vimos. Era uma soprano. Uma *mezzosoprano*? A canção era em alemão. Naquela época eu falava alemão.

Alle meine Sinne nun
Wollen sich in Schlummer senken...

Como se chama aquela sala de concertos em Amsterdã, aquela com ótima acústica? Pleyel? Salle Pleyel? Onde fica a sala Pleyel? Não é em Amsterdã. Claro que não. É na outra cidade. Na cidade que tem a... Mas foi lá que eu ouvi essa canção. Em Amsterdã. Esses nomes eu ainda lembro. Amsterdã. Lisboa. Madri. Barcelona. Nova York. Istambul. Berlim. Munique. Viena. Viena? Foi em Viena? Talvez tenha ouvido em Londres?

As ruas de Londres e as ruas de Amsterdã se fundem no arremedo parisiense à volta dela, em lembranças sem cor e sem foco. Todos os carros são pretos. Os ônibus, todos os ônibus, mesmo os de dois andares, são pretos. As ruas são pretas. Os guarda-chuvas são pretos, os transeuntes todos se vestem de preto, pretos são os postes, monumentos, pombos, placas, portas, apenas o céu é menos preto. Cinza. Mais escuro que cinza.

Não lhe ocorre como denominar a cor mais escura que o cinza, ainda que pense no material cilíndrico existente dentro dos lápis.

Agora seria um bom momento para acender um cigarro. Fumar e lembrar.

Você nunca fumou, Maggie.

Um pouco. Vez por outra. Todos fumavam. Meus maridos fumavam. Henri fumava. Harry fumava. PR fumava.

Harry fumava?

Sim. Nosso apartamento em Londres tinha muitos cinzeiros. E caixas de prata cheias de cigarros. Cigarreiras. De prata. E de marfim. Creio. Não as quis quando nos separamos. Sempre olhei para a frente, não me interessou, nunca me interessou pensar no que deixei para trás em Londres. Pouco me lembro de Londres. Em verdade, não tenho memória de coisa alguma de Londres. Meu pequeno conversível era vermelho ou prata? Preto? Verde? Onde ficava o pub preferido de papai? Quantas vezes fui e voltei do Brasil com minha *lovely* muamba? Hum... Palavra estranha, essa: muamba. Muamba. Muamba. O que é que a baiana tem... É uma música, isso. Essa frase é de uma música. Minha babá cantava para mim. O que é que a baiana... Muamba.

Muamba. *Lovely* muamba. "Quando você se requebrar, caia por cima de mim, caia por cima de mim, caia por cima de mim..."

    Imóvel, de pé entre as duas malas, de costas para as janelas, Maggie olha para as mãos. As unhas estão manicuradas, cobertas por esmalte transparente. Nos dedos, nenhuma joia, porque já não mais as tem. Também cuidou dos pés, depilou-se, tingiu os cabelos, fez limpeza de pele. Quer estar com bom aspecto quando a encontrarem. Fará uma maquiagem suave, mais carregada apenas nos olhos, marcados com lápis marrom-escuro, esfumaçado nos cantos. Sem cílios postiços. Não precisava deles. Sempre teve belos cílios, naturalmente recurvados, de fios longos e grossos. Passaria neles tão somente um pouco de rímel. Destacará o desenho ondulado dos lábios com o mesmo *rouge à lèvres* vermelho-claro que utiliza há mais de vinte anos. Pincéis, lápis, batom, pó compacto, tudo está em sua nécessaire de couro, a mesma que a acompanhou em tantas viagens, por tantos anos, até esta. A última.

    Tanta coisa lembro, mas não sei o que é. Nomes, vozes, músicas, frases. Um homem baixo, feio, negro canta *"Hey there, you with stars in your eyes, love never made a fool of you, you used to be... Used to be... so...*". Também me recordo de quatro ou cinco rapazes, todos vestindo casacas brancas, num palco, diante de um microfone, cantando *"They asked me how I knew my true love was true..."* Rita Tushingham. Quem era Rita Tushingham? O que era *"A taste of honey"*? *"Lovely Rita, meter maid, may I enquire you discreetly..."* Quem era Rita Pavone? *Fruit cake. Christmas cake. "Please please me oh yeah". Daffodil.* O que significa? Forsythia? Georgy Girl? Lynn. Lynn e Vanessa, quem são? Quem eram? *"I can't get no, I can't get no satisfaction". Blow up...* O que é tudo isso? O que é cada uma dessas coisas?

Mantém-se imóvel no centro daquela imitação de interior parisiense. Olha em volta. Por um brevíssimo instante não reconhece onde está. Logo retorna. Não sabe se a sensação de ridículo é pela caricatura que a rodeia, por si mesma, ou por ambos. Ou tudo.

Continua imóvel.

O apartamento do meu pai, a casa de minha irmã, as mãos de meu cunhado, as axilas do meu cunhado, o hálito do meu cunhado, a língua do meu cunhado, a rua de Roma onde vivi com Henri, a rua de Paris onde vivi com Henri, o nome inglês das flores, daquela primeira flor, que surge quando ainda há neve no solo... Esqueci. Sei que eu soube. Sabia. Mas esqueci. Venho esquecendo. Eu sei de tudo que existiu, que vi, que senti, mas onde estão as imagens, os nomes, as vozes, as cores, o sabor, o cheiro delas?

Harry. Não Henri. O belo americano louro, alto e dourado era Harry. Harry alguma-coisa III. Eu o vi e sabia, soube imediatamente que... Eu atravessei o salão da casa fria, sem aquecimento e sem os móveis vendidos para novos-ricos americanos como os pais dele, estendi a mão e lhe disse: Olá, você deve ser Mitchell York.

Mitchell York era... Um tenor? Um ator? Um roqueiro? Um... Um... O sol de York. O filho de York. Do que estou falando?

Vai até a cama, senta-se. Pega a bolsa. Abre-a. Não sabe por que a abriu. Fecha-a. Coloca de novo no mesmo lugar onde a deixara ao chegar ao quarto. Ainda tem os óculos escuros em uma das mãos. Pega a bolsa, abre-a, coloca os óculos dentro, fecha-a, recoloca-a onde estivera. Cruza as mãos sobre o colo.

Minhas pastilhas estão se apagando. Não são pastilhas. São... São... Estão se apagando. Uma a uma. Cada vez mais rápido. Como se estivessem desenhadas em areia e o vento as... O vento as... O vento faz que elas se... Elas se...

Descruza as mãos, pega a bolsa, abre-a, tira de lá os óculos. Não sabe o que fazer com eles.

Não são pastilhas.

Fecha a bolsa, põe a seu lado.

Eu estou sumindo. Desapareço. A escuridão me toma. Não. A noite... me invade. Me toma. A... O véu. A falta de luz. A escuridão. Mais que isso. Mais que escuridão. A... O negror. Mais que o negror. O... A... As...Trevas.

Um arrepio a atravessa.

Não. Não é escuro. É pálido. Claro. Branco. O branco que vai tomando tudo.

Levanta-se.

Não deixarei. Antes de sumir totalmente, parto.

O que necessito está aqui, nessas malas. Daqui deste mesmo lugar onde minha vida começou. Sei que foi aqui. Mesmo sem me lembrar direito, sei que foi aqui. Tenho certeza de que foi. Vivemos aqui desde que nasci. Na casa de meu avô. Enquanto minha mãe permanecia no quarto, trancada, quieta, no escuro. Meu pai já tinha ido para Londres. E ela vivia na escuridão. E silêncio. Não podíamos fazer barulho. Os barulhos a machucavam. São como agulhas finas e compridas entrando pelos ouvidos para dentro da cabeça da sua mãe, as enfermeiras diziam. Eu aprendi a ficar quieta. Meu irmão, não. Ele, não. Por isso o levaram. Sérgio foi levado para a casa de... uma tia? Madrinha? Antes de mim. Antes de me tirarem dessa casa. Não tive culpa. Não fiz barulho. Nunca fiz.

O quarto tinha sido o escritório do avô. As estantes de madeira, já sem livros, ainda estavam lá. O leito ficava ao fundo, à esquerda. Havia uma enfermeira sentada ao lado da cabeceira. Assim ela se lembra. Ou acha que lembra. Conseguiu abrir a porta e ver apenas uma vez ou duas. Era difícil perceber os contornos ali dentro. Pelas janelas fechadas, cobertas por cortinas espessas, não passava claridade. Havia uma única luz, fraca, sobre um móvel baixo e estreito, num abajur que servira para as leituras do avô, na quina oposta à cama. A enfermeira percebeu-a junto à porta apenas entreaberta. Fez sinal para que saísse. Maggie fechou a porta. Foi a última vez que viu a mãe. Ou acredita que viu.

Era cedo, ainda, quando me retiraram da casa, na mesma manhã em que a ambulância levou o corpo de minha mãe, foi, sim, estou quase certa de que talvez tenha sido no dia, talvez manhã, talvez tarde, em que a ambulância chegou, e os enfermeiros, ou um enfermeiro, mas ela, mamãe, tinha uma enfermeira dela, própria, duas, uma durante o dia, outra durante a noite, sempre vigilantes, porém um dia se distraíram, então eles chegaram, os enfermeiros da ambulância, e foram ao andar de cima. Ou ao quarto dos fundos. Mas já era tarde.

Nun der Tag mich müd gemacht,
Soll mein sehnliches Verlangen...

Quantos anos eu tinha? Quatro? Menos? Mais? Para onde me levaram? Eu percebi alguma coisa? Fui ao velório? Ao enterro? Não. Talvez. Sim. Não. Não fui ao velório nem ao sepultamento.

Fui levada para a casa de alguém, vizinho, parente, não sei, não tenho certeza, e lá me deixaram por um tempo. Dias. Semanas? Dias, semanas, como uma menina de quatro anos pode saber o que são dias ou semanas? Ou meses?

Fiquei lá, onde haviam me deixado, para onde alguém me levou, talvez minha babá, até que... Depois meu pai veio me buscar e me levou para Londres. Não. Ele não veio me buscar. Meu avô me levou.

 O avião era imenso, imenso, imenso, isso é tudo que lembra. Sentaram-na em uma poltrona enorme, azul ou cinza, ou azul com pequenas estampas cinza, ou cinza com pequenas estampas azuis, isso ela acredita que lembra. Suas pernas cabiam inteiras no assento. Ninguém a acompanhava — mas disso ela não se lembra. Tampouco de não ter dormido sequer um minuto durante as doze horas do voo transatlântico. Nem que passou boa parte das doze horas de olhos fechados, fingindo dormir, imóvel, ante a insistência impaciente da aeromoça para que adormecesse. Sem fazer barulho. Ela sabia bem como não fazer nenhum barulho.

* Nun der Tag mich müd gemacht,*
* Soll mein sehnliches Verlangen...*

 Não era uma soprano sueca. Era americana. Tenho certeza de que era uma cantora americana. Embora as palavras fossem em alemão. Eu entendia o que ela cantava. Eu falava bem alemão naquela época. Que época? Quando vivi em Viena? Quando estava casada com Henri? Se eu sabia o significado das palavras que a soprano cantava, por que não sei mais? O que... Lembrei! Era uma cantora negra! Americana. Uma soprano americana. *Mezzosoprano*. Famosa. Chamava-se... Chamava-se...

Nun der Tag mich müd gemacht,
Soll mein sehnliches Verlangen...
Freundlich die gestirnte Nacht
Wie ein müdes Kind empfangen...

Nomes. Primeiro comecei a esquecer nomes. Achei normal. Todo mundo esquece nomes. No meu caso então... Tanta tanta gente eu conheci. Não seria mesmo possível me lembrar de todos os nomes, todos os rostos, todos os sobrenomes, todos os títulos, todas as situações, todos os países. Eu os perdi. *The art of losing isn't hard to master.* Quem escreveu isso foi aquela poetisa americana gordota casada com aquela brasileira que criou o aterro do Flamengo, aquela mulher de cabelos curtos, acho que eram curtos, aquela mulher de uma família amiga da família da minha mãe, aquela dona de uma casa na serra, a mesma mulher que... Ela se chamava... Ela se chamava...

Não percebe que permanece de pé, imóvel, quieta, com os óculos na mão. Coloca-os no rosto. Tira-os, segura-os, logo os pendura no decote da camisa. Cruza os braços. Sente-se impaciente como se aguardasse alguém atrasado. A canção alemã continua ressoando em sua cabeça. E duas palavras que não reconhece. *Lied. Lieder.*

Primeiro esqueci nomes, depois foram os objetos, como... Ou objetos foi antes. Perdia. Perdi. Chaves, carteira, canetas, batons, óculos de leitura, cartões de crédito, papéis, rímel, anéis, chaves, celular, documentos, papéis, rímel, óculos, chaves, carteira com dinheiro e documentos, cheques de viagem, cartões de embarque, óculos, canetas, celular, batom, pó compacto, rímel... Será que trouxe tudo? Minha maquiagem, minha escova de cabelos, está tudo aqui?

Maggie vai até a mala maior, pega-a com facilidade, está leve, tem apenas uma peça de roupa e seus complementos.

Põe a mala sobre a cama, abre-a.

Retira a primeira das folhas de papel de seda que separam os itens. Pega, com delicadeza, o vestido comprido, de tecido vaporoso, carmim. Estende-o cuidadosamente sobre a cama. Abaixo da segunda folha está um xale, também carmim, também de musselina, que é estendido junto ao traje de gala. Desdobra, em seguida, as várias folhas que enrolam um par de luvas longas, brancas, que deposita ao lado do vestido. Finalmente pega, no fundo da mala, dois sacos contendo um par de sapatos de bico fino, forrados em cetim da mesma cor do vestido longo. Os saltos são muito altos. Ainda assim, sua cabeça ficava pouco acima dos ombros de Harry.

Quando entramos no hall do teatro, antes do recital daquelas canções alemãs, todos os rostos se viraram. Todos nos olharam. Um homem grande, louro, dourado, ao lado da morena esguia, exótica, altiva, quase uma sósia de Jackie Kennedy, esvoaçante em meu belo vestido de musselina carmim. Éramos a encarnação da beleza. Não. Harry era a encarnação da beleza. Eu não era bonita. Não no sentido clássico da palavra. Eu era jovem.

Fecha a mala vazia, coloca-a de volta ao lado da menor. Caminha até o banheiro. Atrás da porta há dois roupões de toalha branca, bordados com a logomarca do hotel, pendurados em cabides. Pega o menor deles. Leva até a poltrona de veludo marrom, onde o deixa sobre o braço. Olha em volta. Concentra sua atenção nas malas. Na mala maior. Por que mesmo?, ela se pergunta. Tenta se lembrar. Não lhe ocorre. Vai até a mala, leva-a à cama, abre-a. Está vazia. O que buscava ali? Precisava de alguma coisa que guardara ali? Talvez não buscasse nada, conclui. Talvez quisesse apenas confirmar que havia retirado dali tudo o que necessitava.

Fecha a mala vazia, coloca-a de volta ao lado da menor. Caminha até o banheiro. Atrás da porta há apenas um roupão de toalha branca, bordado com a logomarca do hotel, pendurado em um cabide. O outro cabide está vazio. Retira o roupão do cabide, leva até a poltrona de veludo marrom. Vê que já havia outro, idêntico, apenas um pouco menor, sobre o braço da mesma poltrona. Joga o maior por cima. Senta-se. Tira os sapatos. Levanta-se, vai até o guarda-roupa, abre-o, retira dois cabides, um para a camisa, outro para as calças, coloca-os sobre o assento da poltrona em frente, cor de mostarda. Tira o suéter, deixa-o sobre o encosto da poltrona marrom, desamarra o nó da camisa, abre os botões, pensa que a comprou em... em... Nova York? Quando? Olha a etiqueta. Lê *Made in Italy*. Não reconhece a marca. Não importa. Nada importa. Pendura a camisa em um dos cabides. Desamarra a echarpe que utiliza como cinto, deixa-a em cima dos roupões. Volta ao banheiro. Na bancada de mármore branco da pia, confere as pequenas embalagens de plástico dos produtos de higiene. Separa a de sais de banho. Abre as torneiras da banheira, controla-as até obter a temperatura que deseja. Deixa a banheira enchendo.

Há um cabide vazio sobre a poltrona de veludo mostarda. Não entende por quê. Ela o pega e pendura no guarda-roupa, junto ao cabide onde está a camisa branca. Olha, de relance, a etiqueta. *Made in Italy*. Não reconhece a marca. Onde a terá comprado? Não importa. Percebe que está sem sapatos. Calça-os. Caminha até a segunda mala, a mala menor, deposita-a sobre o banco ao pé da cama, abre-a. Há três livros dentro e uma nécessaire de couro, da mesma marca da bolsa que trouxera, estampada com as mesmas iniciais do fabricante francês. Abre o fecho ecler. Despeja o conteúdo sobre a colcha matelassê: um bastão de rímel, um batom, outro batom, um frasco de base, uma embalagem de pó compacto, um pincel, um lápis de olho, um pente, uma caneta, um par de óculos de leitura.

Ah, então era ali que estavam seus óculos de leitura. Por isso não os encontrara.

Coloca tudo de volta na nécessaire, menos os óculos de leitura, deixados sobre o banco, leva-a até a cabeceira da cama. Dispõe cada objeto lado a lado, em cima do travesseiro mais próximo. Volta à mala, retira os livros.

Um a um, ela os sobrepõe na mesa de cabeceira. Nos últimos quatro anos, Maggie os carregou por todos os diversos, involuntários quartos de hóspedes em que foi acolhida. O exemplar lido e relido de *Ariel*, de Silvia Plath, sobre os *Sonetos completos*, de Florbela Espanca, com inúmeros poemas assinalados por pequenas dobras no canto de páginas, os dois em cima de um livrinho de menos de vinte folhas amareladas, desbeiçadas, amassadas, rabiscadas com lápis de cor, cera, canetas, manchadas pelo tempo e por líquidos, a capa escondida sob um papel grosso, uma capa de papel almaço tal como sua babá lhe ensinara a fazer, e que ela substituía vez por outra, um tanto para esconder a capa, mas especialmente para proteger o livrinho que a acompanhava desde que embarcara naquele avião da Varig com destino a Londres, muitos, muitos, muitos anos atrás.

Estou de volta.

Vai até o banco ao pé da cama, forrado com imitação de couro preto, capitonê, fecha a mala. Vira-se. Mira, longamente, a mobília à volta. A mistura de imitações de estilos, tecidos, ornamentos, texturas e cores é tal que seria divertido, se não resultasse em uma feiura tão desproporcional. As mesas de cabeceira, quase art nouveau, quase Segundo Império, a incomodam particularmente. São demasiado altas, descomedidamente douradas, excessivamente recurvadas, anemicamente estreitas. Sobre elas, os livros pareciam adendos bisonhos.

Retira-os de lá e os deixa, apartados, ao pé da cama.

Vai ao travesseiro, pega o lápis de olho, a base, o pó compacto, os dois batons, o blush e o rímel, leva-os ao banheiro e os arruma, na mesma ordem anterior, agora sobre a bancada da pia, junto às miniembalagens de xampu, creme rinse, enxágue bucal e hidratante.

Hände, laßt von allem Tun,
Stirn, vergiß du alles Denken,
Alle meine Sinne nun
Wollen sich in Schlummer senken.

Por que me lembro de uma canção se não conheço o significado dela?, Maggie se pergunta. O que permanece em nós, ela se pergunta, sem perceber que o faz mesmo que não saibamos o que somos? Por quanto tempo ainda existirei na memória das pessoas?, ela se pergunta, sem esperança. Alguém se lembrará de mim?, ela se pergunta, em descontrolada esperança. Quem se lembrará de mim?, ela se pergunta ainda, sentindo-se tola. A criança que for a primeira a me ver estatelada na calçada, ela se lembrará de mim, como eu me lembro da ambulância chegando para buscar o corpo de minha mãe? Minha babá se lembra de mim? A babá da criança que for a primeira a me ver estatelada na calçada se lembrará de mim? O taxista que estiver passando na avenida em frente ao hotel e testemunhar meu voo, sem entender ou acreditar, e que no dia seguinte comentará com os colegas do ponto de táxi, segurando o jornal com minha foto, eu vi a hora em que ela pulou, ele dirá, e acrescentará, talvez, ela gritou, ou dirá, ela caiu em silêncio, ou dirá, ela caiu sorrindo, ou dirá o que mais imaginar, sem saber meu nome, nem de onde eu vim, nem que eu morei aqui, neste mesmo lugar de onde estou partindo, quando era criança até os... Quantos anos? Três? Quatro? Mais? Quantos anos tenho hoje? Mais do que gostaria. Mais do que consigo suportar.

Alle meine Sinne nun
Wollen sich in Schlummer senken...

Afundar no sonho! É isso que a canção diz, é isso, eu sei, eu sinto. É um convite ao sono. Não entendo exatamente o que as palavras significam, mas era isso. É isso. Mergulhar no sono. Afundar no sono. Quero descansar. Preciso descansar. Estou exausta.

Tem um sobressalto. Onde deixei o documento exigindo que meu corpo fosse cremado?, cogita, assustada. Apavora-a a possibilidade de não tê-lo trazido. Era mais um papel e poderia ser um dos tantos, junto a fotos, bilhetes, recortes de jornais, programas de teatro, notas, recibos, tíquetes, certificados que passara rasgando e jogando fora nos últimos dias. Nesses últimos dias. Nesses seus últimos dias.

Apressa-se de volta ao quarto.

Não encontra o documento dentro das malas. Nem entre as páginas dos livros. Não o trouxera. Não o trouxera? Ela o destruíra? Estava distraída a tal ponto? Não é possível. Não é possível. Simplesmente não é possível, ela considera.

Anda de um lado para outro na suíte. Levanta almofadas, abre os roupões, olha embaixo da cama, dos travesseiros, da dobra da colcha, dentro do guarda-roupa, das gavetas das mesinhas de cabeceira, sob o capacho perto da porta de entrada. Nada. Novamente checa nas malas, nos livros, dentro dos livros, debaixo dos livros, na bolsa, quem sabe está em alguma parte não verificada, quem sabe não viu direito?

Nada, nenhum sinal do documento.

Para. Cruza os braços.

Não faz mal, ela se diz. Não importa. Nada mais lhe importa.

Uma solução lhe ocorre.

Vai até a escrivaninha, igualmente carregada de ornamentos dourados na madeira escura.

Abre a gaveta. Encontra, tal como esperava, o papel e a caneta de que necessita. Deixará instruções escritas. Duas ou três linhas. Muito claras e objetivas.

Quero ser cremada e façam das minhas cinzas o que bem entenderem: basta escrever isso e assinar? Devo datar?

Não, decide. Não apenas algumas linhas. É preciso mais. Fará a declaração em formato de carta. Em tom racional. Razoável. Simples, direto, razoável. O tom de uma mulher em pleno domínio de suas capacidades mentais. Faculdades mentais. É assim que se diz: uma mulher em pleno domínio de suas faculdades mentais. O que tenho. Continuo tendo. Apenas estou perdendo os registros das pastilhas. Não. Não são pastilhas. A composição não é feita de pastilhas. Que importa?

Coloca a ponta da caneta sobre o papel de carta estampado com o nome e o endereço do hotel. O endereço que foi o da casa de seu avô. Sua casa.

A caneta não se move.

Eu não quero morrer. O que eu não quero, não vou permitir, é ir me apagando, pouco

a pouco. Não apenas minha mente. Também meu corpo. Meu corpo começou a não me obedecer mais. Outro dia, de repente, meu intestino... Ah, meu Deus, que horror. Eu me... Toda. Fiquei... Que horror. Um fedor horrível. Tudo. Me borrei. Na roupa... Não controlei.
    A caneta não se move.
    Não foi só aquela vez. Não foi só uma vez. Nem apenas duas. Acontece. Vem acontecendo. De repente, eu... As pastilhas... Uma a uma.
    A caneta não se move.
    E porque ainda tenho lucidez, ao menos alguma lucidez, parto antes. Sem nenhuma acusação a ninguém, sem demonstrar rancores, nem melancolia. Adeus, apenas. Sem amargura. Sem terror. Nem pena.
    A caneta não se move.
    Uma carta com polidez e civilidade. É o que preciso conseguir escrever. Não apenas por educação, mas também para encontrar boa vontade naqueles que encontrarem meu corpo e contar com sua disposição em seguir minhas instruções.
    Eu, ela consegue escrever, eu, Margareth...
    A caneta para.
    Não mencionará como devem vestir seu corpo. Preferia a camisa de algodão branco, as cal-

ças de linho cor de sorvete de baunilha e os sapatos bicolores de salto médio, talvez o suéter de caxemira sobre a camisa. Mas não anotará isso. Pareceria frívolo. Não quer deixar essa impressão. Tampouco quer caixão aberto. Para quê? Alguém que pretendesse lhe dar um último beijo, um beijo de despedida? Quem?

    Amassa o papel. Pega outra folha.

    Sou ridícula. Não haveria ninguém. Não haverá ninguém. Escreverei apenas palavras essenciais. Três ou quatro frases bastarão. Com uma de abertura. Neutra. Polida. Equilibrada. Sem dar margem a interpretações.

    Boa noite a todos, ela escreve. E para, sem saber como continuar.

    Boa noite a todos, ela lê.

    A ponta da caneta continua parada sobre o papel.

    Todos. Da vida inteira. Longa vida. Mais do que consigo lembrar. Mais do que consigo suportar. Mais do que...

    A água na banheira!, lembra-se.

    Corre, fecha as torneiras. Sente a temperatura.

    Perfeita.

Tira os sapatos, despe-se, deixa as roupas caírem amontoadas no piso branco do banheiro. Enrola os cabelos em uma toalha. Não quer molhá-los. Evita se ver no espelho que cobre toda a parede acima da bancada da pia ao pegar o material de maquiagem. Há muito tempo evita se ver. Mesmo depois das intervenções de cirurgia plástica nos seios, na barriga, nos quadris. A mulher que ela havia sido acabou.

A mulher que fui acabou. Esta que resta... Tão menos. Tão... Sem brilho. Sem alegria. Tão... Sem nada.

Equilibra as embalagens da base, do batom, do pó compacto, do blush e do rímel, lado a lado, na borda da banheira. Entra nela. Senta-se. Afunda até o pescoço na água morna.

Uns me achavam parecida com Jackie. Era mesmo. Um tanto. Porém mais com aquela atriz canadense, creio que era canadense, de *Ana dos mil dias*. Jennifer? Jeanne? Geneviève? Até eu me achava parecida com ela. Numa festa em Londres, uma vez, nos confundiram. Essa atriz e eu. Geneviève. Ela era francesa. Talvez canadense. Franco-canadense. Ou inglesa. Tinha um sotaque britânico. Estávamos ambas em um baile. Em Londres. Em Londres? Não. Nunca fui a nenhum baile à fantasia em Londres. Em Londres eu vivia com Harry. E, antes, com papai e as duas mulheres ruivas, a mãe e a filha. Mary e Isabel. A festa em que encontrei essa Jeanne foi depois. Em Viena. Estávamos ambas, ela e eu, a atriz francesa, ou canadense, ela e eu, nós duas com fantasias de... de... Era um baile à fantasia no... Waldorf Astoria de Nova York? Em Monte Carlo? Em Washington? Quando? Com Henri? Foi numa festa à fantasia num palácio em Roma, onde Florinda morava. Quem é Florinda? Quem era Florinda? Por que esse nome me veio à cabeça? Os nomes me confundem. Nem sempre consigo me lembrar deles. Ou ligá-los a rostos. Onde eram esses lugares? Por que estou tentando me lembrar disso? Do que estou tentando me lembrar?

Despeja os sais na água. Imediatamente se dissolvem e desaparecem. Parece-lhe um mau agouro, ela tem um arrepio. Logo ri de si mesma. O que mais pode ser um mau agouro neste momento, lhe ocorre.

Bujold! Jeanne Bujold!... Esse era o nome da atriz que se parecia comigo. Com quem eu me parecia. Jeanne Bujold. Ou Caroline. Era uma atriz inglesa. Por que estou pensando nela? Ana. Anna. Anne. Anne Bujold. Chamava-se Anne Bujold. Quem era? Como era a voz dela? O rosto dela? Os cabelos dela?

Tira as mãos de dentro da água. Observa cuidadosamente as unhas. Estão perfeitas. Levanta um pé, em seguida outro. As unhas dos pés estão pintadas da mesma cor das unhas das mãos. Um rosa-claro, quase imperceptível. Também perfeitas. Depilara-se, fizera limpeza de pele, pintara os cabelos. Estará com bom aspecto quando a encontrarem, pensa.

Estarei com bom aspecto quando encontrarem meu corpo.

Pega o vidro contendo o líquido que dá um tom uniforme e sedoso à sua pele. Passa a base por todo o rosto com os dedos, fecha o vidro, coloca-o de volta onde estava, mas ele tomba no tapete branco. Ela o deixa ali.

Abre a embalagem de pó compacto, utiliza uma esponja para espalhar seu conteúdo pelo rosto, sem se olhar no espelho. Fecha-a e a deixa cair junto ao vidro de base.

O pincel do blush é utilizado em seguida, muito levemente, apenas para dar um corado suave. Deixa que caia, também.

Abre o cilindro do rímel. Fica com uma parte em cada mão.

Não se move.

Sente-se mais e mais cansada a cada momento.

Encosta a cabeça na beirada da banheira.

No centro do teto branco há um círculo de metal dourado, de onde saem quatro holofotes também dourados, com partes descascadas, na ponta dos quais se veem lâmpadas de um branco opaco.

Não me lembro da voz da minha mãe. Não consigo, não consigo, por mais que tente, não consigo. Nem a do meu pai. Nenhuma voz. Nem os rostos. Como se fossem desenhos que alguém está apagando. O contrário das aquarelas. Eu gostava de fazer aquarelas. Quando o pincel toca o papel, o traço é definitivo. Permanente. A marca fica lá. Para sempre.

Não em mim. Não em minha memória.

Não saberia dizer a cor exata dos olhos de PR, ou como eram seus cabelos antes de começarem a rarear, nem recordar a comida favorita de Henri no café da manhã ou como era o ligeiro sotaque estrangeiro que carregava em todas as muitas línguas que falava com espantosa habilidade.

Entretanto de Harry... No entanto, de Harry...

A lâmpada do quarto holofote dourado, com partes descascadas, é transparente.

Harry era lindo, dourado... E xucro. Toda mulher gosta de um homem xucro. Dizemos que não, que preferimos os sensíveis, mas gostamos mesmo é de um bom e forte homem xucro. Harry era um bom, grande, forte e dourado homem xucro. E tosco. Bem tosco. Bem americano.

Harry foi o primeiro homem que eu eduquei, refinei e ensinei como avançar socialmente. O último foi PR. Henri, prenome que ele preferia ao Heinrich registrado em seu passaporte, vinha de uma tradicional família austríaca, daquelas que não tiveram problemas antes, nem durante, nem depois dos nazistas. Henri nunca precisou de minha ajuda.

É uma luminária banal e barata dos anos 1970, ela pensa. Deve estar nesse teto desde a construção do hotel, ela imagina. No banheiro não se deram ao trabalho de tentar lembrar o suposto ambiente parisiense do século passado, ela deduz. Não. Do século XIX. Início do século XX. Que importa?

Fecha os olhos.

Parte da educação de Harry foi musical. Eu o levava a concertos e recitais em toda cidade para onde viajávamos. Viajamos muito. Fomos a Viena, fomos a... Viena... Fomos a... A toda parte. Levei Harry aos melhores teatros de ópera e salas de concerto do mundo. Inclusive aquela que tem uma acústica famosa, em... Em Berlim Oriental. No que foi a Berlim Oriental.

A água da banheira esfriou um tanto. Maggie abre a torneira de água quente por alguns minutos, até sentir-se confortável novamente ali dentro.

Harry saía sempre no primeiro intervalo. E não voltava. Ficava tomando champanhe e fumando no foyer. Numa dessas viagens, tenho quase certeza, foi que ouvi pela primeira vez essa música. A música alemã.

Hände, laßt von allem Tun,
Stirn, vergiß du alles Denken...

Harry não ficava fumando no foyer.

Alle meine Sinne nun
Wollen sich in Schlummer senken...

Harry ficava no banheiro, se divertindo com outros rapazes.

"*You are not in Kansas anymore, Dorothy*", alguém diz, novamente, num filme em preto e branco. É uma mulher gordota, jovem, metida num vestido xadrez apertado demais para alguém com sua silhueta. Ela tem um cãozinho branco e peludo no colo. Kansas. Kansas? Sim, Kansas, eram lá as lojas da família de Harry. E num outro estado próximo. Texas, Nebraska, algo assim. Por que todos os filmes de que se lembra são em preto e branco?

Abre os olhos. Alguns dos azulejos em frente têm tons de branco ligeiramente diferentes do restante da parede. Substituição barata, ela analisa. Deviam ter trocado todos, ela considera. Aliás, as paredes de um hotel como este, que se pretende luxuoso, ou pelo menos refinado, deveriam ser revestidas de mármore, pondera. Ou de granito, em último caso.

Descobri o que Harry ficava fazendo nos intervalos, não dei importância.

Fui criada na Inglaterra, onde os homens se divertem com seus criados, mordomos, jardineiros, motoristas... Inclusive os reis.

As brincadeiras de Harry com outros rapazes não atrapalhavam nosso casamento. Até o dia em que Harry se apaixonou por um desses rapazes dos banheiros de salas de concerto.

Montou um apartamento para ele.

Em Londres.

A apenas duas quadras de onde morávamos.

Harry passou a dormir, vez por outra, fora de casa. Nossos amigos ficaram sabendo. A situação foi se tornando constrangedora. Fui obrigada a tomar uma atitude. Confrontei Harry: ou esse rapaz, ou eu.

Ele preferiu o rapaz.

Senta-se na banheira. Os seios ficam acima do nível da água. Ela evita olhá-los. Casei com Heinrich pouco tempo depois de me separar de Harry, não tenho certeza de quanto tempo exatamente, em algum lugar da costa Amalfitana, em Ravello, ou em Capri, algum lugar pelo sul da Itália onde Heinrich, onde Henri possuía uma *villa*, ou teríamos ficados hospedados na mesma *villa* de amigos comuns, ou foi na Toscana que Henri e eu nos conhecemos algum tempo antes de nos casarmos, numa cerimônia pequena, íntima, talvez um ano depois de sermos apresentados, talvez menos de dois, e fui muito feliz, fui muito feliz com Henri, tão feliz quanto uma mulher pode ser, casada com um homem que não ama.

Henri produzia filmes baratos e lucrativos, estrelados por gladiadores halterofilistas, caubóis meridionais, atores de Hollywood falidos. Tínhamos apartamentos em Paris, em Madri, em... Em Roma, claro, porque muitos dos filmes de Henri eram rodados ali. Em Viena, também tínhamos um apartamento. Henri era austríaco. Nem tão belo, nem tão dourado quanto meu marido americano, porém... mais fácil de lidar. Porque eu não estava apaixonada por ele, como tinha sido por Harry. Nem um pouco apaixonada. Eu nem mesmo amava Heinrich, não amava Henri.

Nada é mais reassegurador para uma mulher do que ser casada com um homem que não ama.

Henri e eu vivemos juntos, em grande harmonia, por mais de dez anos. Mais de quinze. Até eu conhecer PR. Até transar com PR. Então, a harmonia acabou.

Eu não amava PR. Nunca amei. Mas era louca por ele. Louca. Loucamente louca por ele. Só pode estar louca, só pode ser absoluta e totalmente louca a mulher mais velha que se envolve com um corretor imobiliário mais jovem, sem dinheiro, tosco e xucro.
As duas palavras mágicas para mim.
Tosco.
Xucro.
Como Harry.
Não. Não como Harry.
Ninguém foi como Harry.
Ninguém.
Nunca.
Dobra as pernas, encosta o tronco nelas. Abraça-as.
Recentemente alguém me contou, não sei como eu soube, mas soube, fiquei sabendo, creio que alguém fez questão de me contar, maldosamente, cruelmente, perversamente, embora eu sempre evitasse saber notícias dele, mas sempre há alguém, que ouviu de alguém, que ouviu dizer que Harry...
Sem perceber, Maggie começa a se movimentar, delicadamente, para a frente e para

trás, ao ritmo da canção trazida por lembranças inalcançáveis.

Hände, laßt von allem Tun,
Stirn, vergiß du alles Denken,
Alle meine Sinne nun
Wollen sich in Schlummer senken...

Harry morreu há três anos. O belo Harry dourado morreu na Califórnia, onde morava desde que voltou aos Estados Unidos, depois de nossa separação. Os pais lhe deixaram uma herança vultosa, acrescida ainda mais pelos generosos presentes — depósitos na conta bancária, carros, uma mansão nas colinas de Los Angeles, um apartamento em Downtown Manhattan, entre as coisas que eu sei, ainda que eu evitasse saber, por mais que eu evitasse saber — de um magnata da indústria de discos com quem manteve uma longa e tumultuosa relação, até o casamento desse *tycoon* com uma estilista nova-iorquina.

O belo Harry teve aquela doença horrível, que tantos rapazes tiveram, fez todos os tratamentos que sua fortuna permitiu, mas... Morreu com menos de cinquenta quilos. Um fiapo. Coitado.

Maggie se embala.

Harry está morto.

Meus pais estão mortos.

Meus amigos estão mortos.

Ou dementes.

Ou indiferentes.

Acabou.

Tudo acabou.

Levanta-se da banheira. Não encontra os roupões que havia visto atrás da porta. Acredita ter se enganado. Não há roupões, que absurdo, este hotel tão pretensioso nem roupões oferece, ela pensa.

Pega uma toalha, enrola-se nela, vai para o quarto. Deixa um rastro de pisadas molhadas no tapete. Sumirão em pouco tempo. Mau agouro. De novo.

Vê um papel de carta sobre o tampo da escrivaninha. Logo abaixo do nome e logotipo do hotel, há uma frase manuscrita. Reconhece a própria letra. As palavras que anotou, porém, não fazem sentido para ela. Boa noite a todos, está registrado, possivelmente com a caneta esferográfica ao lado do papel. Quando escreveu aquilo? Por quê? O que queria dizer com aquela frase? Quem seriam esses "todos"? A quem se referia?

Vira-se. Há dois roupões sobre o braço da poltrona de veludo próxima à escrivaninha. Pega um deles, veste-o, só então tira a toalha com que se cobrira. O roupão é grande demais. Despe-o, coloca o outro. É de bom tamanho. Amarra o cordão na cintura, faz um laço. Dobra as mangas. Ergue a gola. Desenrola a toalha que tem na cabeça, agita os cabelos, afofa-os, vai até o espelho. Fica surpresa com o que vê. Desvia o rosto. Não quer olhar. Mas não consegue evitar. Como quando se passa por um acidente numa estrada, lhe ocorre.

Não pode ter medo. Não pode ter medo. Não pode. Não agora. É tarde demais para ter medo.

Vira-se.

Encara-se.

O que sobra de nós, afinal, é isso?, ela pergunta silenciosamente ao reflexo no espelho. A sombra do que fomos? O arremedo do que fomos? A caricatura do que fomos?

Vai até as janelas. Abre-as. Aspira com alívio o olor que o vento traz do oceano. É um aroma familiar, repleto de lembranças a que não tem mais acesso, ainda assim reconfortantes.

Nasci aqui, ela pensa. Nasci na casa que existia aqui, ela se diz, com menos certeza do que gostaria.

Decide, sem perceber, não duvidar do que acha que se lembra. Doerá menos.

Era uma casa pequena, mas de muito bom gosto, onde eu vivia com meu pai e minha mãe. Eles eram bonitos, alegres, muito felizes. Amavam-se perdidamente. Fui muito feliz com meus pais nessa casa.

Dá as costas para o mar. A escuridão dentro da suíte a surpreende e inquieta. Não percebera que já era noite. Não há mais tempo.

Puxa a cadeira da escrivaninha até junto às janelas.

Vai até cada um dos abajures e os acende. Não ousaria admitir, mas sente quase uma alegria.

Sua hora chegou.

Ela nota o vestido carmim sobre a cama, o xale carmim ao lado do vestido, as longas luvas brancas sobre o vestido e o xale, os sapatos forrados da mesma cor, de bico fino e salto muito alto, ao pé da cama, e sente-se invadida por uma alegria juvenil.

Atravessei a sala fria e quase sem móveis daquela velha casa inglesa, estendi a mão para ele e perguntei, de onde você é? Daí, de todos os lugares, ele respondeu, com sotaque indisfarçavelmente americano. Meus amigos me chamam Maggie, eu disse. Como é seu nome, eu perguntei, e ele respondeu, Harry, meu nome é Harry. Você não é inglês, creio que eu disse. Rá, rá, ele riu: Claro que não, disse. Foi assim que começou. Numa casa no interior da Inglaterra. Numa tarde de sábado.

Retira da mala maior um corpete rosa-claro, sem alças, e uma embalagem com uma meia-calça de tom um pouco mais escuro do que sua pele.

Não me lembro para onde Harry e eu fomos, o que fizemos depois, só me lembro que desde aquele instante eu o amei. Eu o amei, amei, amei. Como jamais tinha amado alguém. Como nunca mais amei homem nenhum.

Tira o roupão, deixa-o sobre o banco, veste o corpete. É bem justo, aperta seu tronco, tem barbatanas que a obrigam a manter-se ereta.

Eu senti que tudo o que eu tinha feito, tudo o que eu tinha vivido, tudo fazia sentido porque, naquela tarde de sábado, eu o encontrei. Harry.

Senta-se na beirada da cama para vestir a meia-calça.

Eu senti como... Como se tivesse estado perdida a minha vida toda, como se toda a minha vida eu tivesse sido separada de Harry e, finalmente, naquela tarde de sábado, naquela casa no interior da Inglaterra, fria e com poucos móveis, eu o encontrei. Eu o reencontrei.

O vestido tem um zíper lateral, da blusa até a metade dos quadris, perfeitamente oculto pela habilidade das artesãs da alta-costura parisiense, que lhe permite entrar nele com facilidade e fechá-lo. Ela calça as luvas. Só então coloca o xale esvoaçante, apenas sobre o ombro direito. A outra ponta é enrolada em seu braço esquerdo, junto ao cotovelo.

Porque foi isso que aconteceu entre mim e Harry. Um reencontro. Um alívio. Finalmente, eu pensei. Finalmente. Por isso é que eu vivi até agora. Para encontrá-lo. Naquela tarde. Naquela casa. Naquele instante. E seria para sempre.

Calça os sapatos. Sente-se alta, triunfante. Vai até o espelho com a mesma segurança com que chegou para uma noite de gala no Lincoln Center tantos, tantos anos atrás, usando aquele mesmo vestido, aquele mesmo xale, aquelas mesmas luvas, aqueles mesmos sapatos.

    Mira-se. Ajeita os cabelos. Faz um volteio. O tecido leve de seu traje de despedida flutua, delicado e tênue como a lembrança daquele momento, ou o que ela acredita que tenha sido aquele momento, trinta anos atrás, em Nova York. Sorri para si mesma no espelho. Então percebe, refletida no canto esquerdo, uma presença que a surpreende.

    Harry, ela exclama, encantada com a figura do homem vestido de smoking, tal como naquela noite do recital de Jessye Norman, em algum outubro do século passado, sorrindo para ela tal como sorria em suas memórias, quando conseguia trazê-las de volta.

    Harry, ela repete, feliz, à imagem do jovem alto, dourado, dentro do arremedo de salão parisiense em que se encontra.

    Harry, repete mais uma vez, virando-se, Harry, me disseram que você tinha morrido, ela sussurra, receosa de magoá-lo com uma mentira tão mesquinha.

Dá uns poucos passos, aproximando-se do homem que só ela vê, e toca seu rosto, de leve, um tanto tímida.

Harry, você está vivo!... Que bom ver você. E logo hoje. Eu estava tão... Harry! Que bom, que bom ver você aqui. Você está tão bonito!... Tão... Tão exatamente como naquela tarde em que nos conhecemos! Esse rosto tão perfeito... Esse nariz reto, longo... A pele, Harry! Que pele macia a sua!... E os cabelos! Tão louros, tão... dourados!...

Ela encosta a cabeça no peito do homem que não está lá, abraça sua cintura. O conforto que sente é enorme.

Harry, Harry! Você não imagina o prazer em ver você assim, aqui, agora, neste momento. Harry... Harry, eu estava tão sozinha. Eu estava tão perdida. É um alívio tão grande ter você aqui, do meu lado, neste momento. Harry, Harry, Harry...

Afasta-se, para que ele a veja melhor.

Eu coloquei este vestido porque... Você se lembra deste vestido? Lembra mesmo? Daquela noite, onde foi aquela noite de gala? Isso, exato, foi no Lincoln Center! Ah, você acha que eu estava linda? Acha mesmo? Sim, exato, nós chegamos em uma limusine. Chegamos em uma limusine, atravessamos o pátio e, quando entramos no prédio do Metropolitan Opera, as pessoas paravam de conversar, simplesmente paravam de conversar quando nós passávamos. Sim, isso mesmo, elas cochichavam: quem são esses dois, como são lindos, como são belos, como são jovens e lindos e belos!...

Tudo é nítido, palpitante, real em seu delírio na suíte parisiense do hotel erguido em frente ao oceano.

Você se recorda, Harry, daquela soprano no palco do Metropolitan Opera? Lembra? Era uma soprano negra, majestosa, e ela cantava... Ouça, Harry! Você está ouvindo? Você também ouve?

Nun der Tag mich müd gemacht,
Soll mein sehnliches Verlangen...

Sim, era isso que ela cantava! Ah, me alegra tanto você também estar ouvindo. Eu adorava essas palavras. São de um poema de Hermann Hesse, "Beim Schlafengehen", um poema lindo, musicado por Richard Strauss.

Ah, como eu me lembro, como me lembro claramente. Foi uma das quatro últimas canções compostas por Richard Strauss antes de morrer. Ele já estava muito doente quando compôs essa música. Eu traduzi as palavras para você, você lembra? Eu falava alemão tão bem...

> *Nun der Tag mich müd gemacht,*
> *Soll mein sehnliches Verlangen*
> *Freundlich die gestirnte Nacht*
> *Wie ein müdes Kind empfangen...*

Ela abraça novamente o homem que não está lá. Ainda junto dele traduz o poema que sabia de cor, escrito por um de seus autores favoritos. Tinha o livro em que o texto estava publicado. Sumira em uma de suas últimas, involuntárias mudanças.

"Ao fim do dia, exausta", Maggie diz a Harry, como fizera tantas vezes com poemas de Silvia Plath e Florbela Espanca, "busco ardentemente o repouso na noite estrelada, como um amigo acolhe uma criança fatigada."

> *Hände, laßt von allem Tun,*
> *Stirn, vergiß du alles Denken,*

Alle meine Sinne nun
Wollen sich in Schlummer senken...

"Mãos, cessem todo trabalho...", Maggie prossegue, segura, cada palavra chegando sem tropeço. "Cérebro, afaste todo pensamento... Todos os meus sentidos querem afundar no sono..."
Outra vez se afasta. Quer ver de novo, tão próximo, tão pacificador, o rosto do homem que havia alterado para sempre seu destino, pelas mãos e pelo corpo de quem tomara rotas raras com as quais a maioria das pessoas pode apenas sonhar, sem jamais percorrê-las, sem sequer encontrá-las.

Und die Seele, unbewacht,
Will in freien Flügen schweben,
Um im Zauberkreis der Nacht
Tief und tausendfach zu Leben.

Como ele é belo, pensa, enquanto completa, ternamente, "E minha alma, livre, quer voar solta no espaço, pelos círculos mágicos da noite encantada, onde vai viver milhões de vidas..."
Esconde o rosto com as mãos.

Ah, não! Não me olhe, Harry!... Não estou bem esta noite, não me sinto... Essas últimas semanas foram difíceis e... esses últimos anos foram... Você continua tão jovem e bonito como sempre e eu... estou tão... estou tão abatida...

Maggie acredita que Harry tenha pegado suas mãos e as tirado de seu rosto. As palavras que acha que ouve enchem seus olhos de lágrimas.

Você não concorda, Harry? Não acha que estou abatida? Acha que estou igual estava naquela noite, em Nova York? Acha mesmo? Ah, Harry, você sempre tão gentil, tão doce...

Enxuga as lágrimas. Abre os braços, gira, mostrando a roupa, volta a encarar, agora sorrindo, o homem ao lado de quem deixara boquiabertos os espectadores daquela noite de gala no Metropolitan Opera House.

Viu que eu guardei o vestido? Você que me deu. Você me disse, lá em Paris, nós estávamos em Paris, passamos em frente à Maison Givenchy e você me disse: entre aí nesse costureiro e compre a roupa mais cara que ele tiver. Era este vestido aqui. Exatamente igual ao vestido que Audrey Hepburn usou naquele filme com Fred

Astaire, aquele em que ela desce as escadas do Museu do Louvre.

Aquela noite em outubro, só um pouquinho fria de início de outono, em Nova York, ao lado de Harry, fora um dos momentos mais felizes de sua vida. Este momento, agora, nesta noite, aqui, na suíte do décimo quinto andar em frente ao mar negro, era outro.

Viu como eu me lembro de tudo, Harry? Me lembro de tudo, tudo, tudo. Eu me recordo de cada momento que você e eu passamos juntos. Que bom estarmos juntos, mais uma vez. Ouça! Ouça, Harry. É a mesma canção daquela noite.

Stirn, vergiß du alles Denken,
Alle meine Sinne nun
Wollen sich in Schlummer senken...

Quero adormecer em seus braços, Harry. Como antes. Quero fechar os olhos e não ter medo do mundo, como me sentia ao seu lado. Dormir sentindo o peso de sua mão em meu ventre, a sua respiração em meu pescoço, o perfume de canela do seu hálito. Quero ficar com você para sempre, Harry. Sempre. Nunca mais nos separaremos.

Und die Seele, unbewacht,
Will in freien Flügen schweben...

Estavam juntos. Finalmente. Era o encontro de sua vida e ela sabia disso, o que a fazia ainda mais feliz do que na noite de gala dedicada a Richard Strauss, em que desceram da limusine em frente ao Lincoln Center, provocando ohs e ahs de admiração, talvez de inveja, e ele, Harry — o cabelo ligeiramente caído na testa, desconcertantemente belo —, estava insuperavelmente elegante no smoking feito sob medida pelo alfaiate do pai de Maggie, em Savile Row — e ela, sublime, os lustrosos cabelos negros presos num coque que destacava seu rosto anguloso, semelhante ao de Jackie, porém mais jovem e mais... vibrante, isso, vibrante, estreando sua esvoaçante roupa carmim, criada especialmente para ela no ateliê de... Não! Não era um encontro, este, aqui, nesta suíte grotescamente suntuosa. Era um reencontro. Porque, sim, eles haviam se perdido de verdade, sim, se afastado, cada um em uma parte do mundo, sim, cada um atravessando seus infernos e suas aflições, sim, mas agora... Agora ele estava ali. Ela estava ali. E seria para sempre. Sempre.

Me dá a mão, ela pede.

"*Um im Zauberkreis der Nacht, Tief und tausendfach zu Leben*", encerra a voz da *mezzo-soprano*. As cordas e os sopros da orquestra prosseguem, em tom cada vez mais baixo, até desaparecerem. Agora só chegam ao quarto 1503 os ruídos longínquos dos carros no asfalto, o apito de um guarda de trânsito, uma buzina, uma onda que bate mais forte na praia vazia. Mas ela não escuta. Maggie ouve apenas a própria voz.

Vem, Harry, ela convida, estendendo a mão para o nada.

Vem, Harry, ela repete, sentindo a mão de Harry na sua. Vem! Vamos entrar nessa festa de gala e mostrar como somos jovens, como somos bonitos, como somos felizes, como temos todo o futuro à nossa frente.

Maggie caminha até a cadeira junto à janela.

Vem, Harry. Vamos. É nossa hora.

A PEÇA ORIGINADA DA NOVELA,

QUE ACABOU POR LEVAR
A TRANSFORMAÇÕES
DO TEXTO EM PROSA

Boa noite a todos

Peça em 1 ato

CENÁRIO — Quarto em andar alto de hotel em frente ao mar.

O hotel e outros edifícios da avenida litorânea foram construídos na onda desenvolvimentista que, dos anos 1970 em diante, botou abaixo os chalés e as casas que antes ocupavam a área.

A época é a atual, mas há na decoração a tentativa de remeter a um fausto, mais imaginado do que real, da Paris do início do século XX, com veludos, tapetes, molduras douradas etc.

Um espelho grande está quase todo coberto por um tecido pretensioso. É a colcha que cobria uma das camas.

MAGGIE está de costas, próxima da cama. Tem de cada lado duas malas pequenas, que a acompanham há muito tempo. Sobre a cama, uma bolsa de marca famosa, discreta, comprada há tempos.

Ela se veste de forma clássica, moderna, com roupas de boa qualidade, nenhuma delas nova. Tem no rosto grandes óculos escuros arredondados, ao estilo que Jackie Kennedy tornou famoso.

Música/vozes gravadas — Ao longo da peça trechos da ária "Beim Schlafengehen"* serão ouvidos várias vezes.

---

* Poema de Hermann Hesse musicado por Richard Strauss, para soprano e orquestra, que fala do cansaço e da necessidade de adormecer para encontrar a paz. Ver Mosaico de Maggie na página 191.

(*Cortina se abre.*)

(**MAGGIE**, *de costas para a plateia, caminha até as janelas. Não as abre. Coloca as mãos sobre o vidro, como se estivesse apoiando o corpo.*)

(*Entre as luzes se acenderem no palco e a primeira fala, há um tempo de silêncio incomum.*)

MAGGIE
    Nasci aqui.

(*Tempo de silêncio.*)

    Havia uma casa aqui.

(*Tempo de silêncio.*)

    Nasci na casa que puseram abaixo para construir este hotel.

(*Tempo de silêncio.*)

Havia várias casas nesta avenida.
Todas foram demolidas.
Uma a uma.
Construções delicadas... Algumas com varandas de ferro rendilhado... Chalés... Muros baixos... Tinham cajueiros às vezes. Bem na frente. Enormes. Cheios de frutos. Deixavam no ar um cheiro doce. Cheiro de infância.
O perfume perdido da infância...
Trocado por hotéis horrendos como este.
Lixo quatro estrelas.
Delicadas construções arrasadas para dar lugar a prédios horrendos, habitados por gente horrenda e vulgar.
Chefões de jogo do bicho, pastores evangélicos de igrejas recém-inventadas, delegados enriquecidos com propinas e chantagem, misses viúvas de velhos ricos, escroques internacionais, políticos corruptos.
E até mesmo alguns políticos honestos.

(*Vira-se para a plateia. Mantém os óculos no rosto.*)

Boa noite a todos.

(*Mantém-se imóvel, quieta, por um tempo.*)

Era a casa do meu avô. Aqui. Bem neste lugar.
    Uma casa de pedra, de dois andares. Imponente. No térreo, havia uma varanda grande, em arco, onde eu e meu irmão brincávamos.
    Sem fazer barulho.
    Não podíamos fazer barulho.
    Incomodava minha mãe.
    Mais que isso.
    As enfermeiras diziam para mim e para o Sérgio que o barulho doía na cabeça de nossa mãe como se enfiassem agulhas nela.
    Cada grito meu ou do meu irmão era uma agulha enfiada na cabeça de nossa mãe.
    Por isso... Meu irmão e eu brincávamos em silêncio. Ou sussurrando. Nunca gritamos.
    Nunca gritei. Nunca. Nunca.
    Nossa mãe vivia em um dos quartos de cima.
    Não.

Nossa mãe vivia no quarto dos fundos. Isso: num quarto dos fundos. No térreo. Era uma sala, ou coisa parecida, adaptada para virar quarto quando nossa mãe ficou doente.
 Ela vivia ali. Nesse quarto dos fundos. No escuro.
 Meu irmão e eu não tínhamos permissão para entrar lá. No quarto dela. Não podíamos entrar. Mas...
 Às vezes Sérgio e eu (Sérgio era o meu irmão), nós íamos, bem quietinhos, pé ante pé, sem fazer nenhum ruído, nós íamos lá e abríamos a porta do quarto. Devagarzinho. Só para ver.
 Ver nossa mãe.
 Ter certeza de que ela estava mesmo lá. Porque era tudo tão quieto, tão silencioso, que o quarto poderia estar vazio.
 Mas ela estava lá.
 Nossa mãe estava lá. No escuro. Imóvel. Quieta.
 Até o dia em que a enfermeira se distraiu e...

(*Pausa.*)

E...

(*Pausa. Caminha um passo ou dois. Para. Caminha.*)

Eu vi a ambulância chegar. Com a sirene ligada, fazendo aquele barulho alto que as sirenes de ambulância fazem, aquele barulho agudo, que fere os ouvidos e... e... eu fiquei... surpresa. E assustada. Por causa do barulho. O barulho, não pode fazer barulho, as agulhas, as agulhas na cabeça da minha mãe, parem, parem com esse barulho, parem e... Eu estava assustada. Muito assustada. Talvez pela ambulância. Ou por tudo o que estava acontecendo, de repente, e que eu não entendia, eu era muito pequena para entender a sirene, os gritos da enfermeira, a correria, a ambulância grande e branca entrando pelo jardim da casa, os enfermeiros correndo, os...

Eu estava sozinha em casa. Com uma babá, eu acho. Meu irmão não estava mais morando conosco, tinha sido levado para a casa de uma tia, ou um padrinho, não lembro direito. Não faz diferença. Só me lembro de ver os enfermeiros entrando. Correndo. Indo para o quarto dela. Da minha mãe. Eu era pequena. Não sei quantos anos eu tinha, mas sei que eu era pequena. Minha babá me pegou no colo e me levou para uma casa ao lado da nossa.

Ainda vi o corpo da minha mãe sendo levado na maca. O rosto dela, tão pálido. Mais pálido ainda do que sempre era. Acho que vi. Mas não me levaram para o velório. Nem vi o enterro.

Não consigo lembrar o nome da minha mãe. Nunca se falava nela. Nunca se tocava no nome dela.

(*Tira os óculos, que mantém na mão.*)

Óculos como os de Jackie Kennedy. *Vintage*. Todos achavam que eu me parecia com Jackie. Quando era mais nova, naturalmente. Os mesmos cabelos escuros e cheios, o rosto anguloso, os olhos um tanto afastados da base do nariz, magra, mas com bom corpo, seios pequenos e quadris largos que deveriam significar a boa parideira, algo que nunca fui. Nem sequer consegui engravidar. Jamais. Jamais. Jamais. Muitas vezes jamais.

(*Pendura os óculos no decote da camisa.*)

Três casamentos, nenhum filho. Melhor assim. Nenhuma herança maldita para deixar.

Nenhuma herança, aliás.

Algumas roupas, dois bons tapetes comprados não lembro onde nem quando, três livros. E só.

Minha mãe também não me deixou nada. Nem meu pai.

Meu pai morava em Londres. Era daqueles grã-finos que conseguiam bons empregos no exterior. Meu pai tinha dois sobrenomes de boa origem, mas uma conta bancária rasa.

Rasa, mas mesmo assim devorada com todos os centavos e *pennies* pela minha madrasta e pela filha dela. Minha madrasta era escocesa, ruiva. Ruivíssima.

Ruivíssima, branquíssima, magríssima. Elegantíssima.

A filha dela era magríssima, branquíssima, louríssima, sem bundíssima, como a mãe. Em suma, elegantíssima.

E tristíssima.

Juntas, a ruivíssima e a tristíssima gastavam cada centavo do meu pai. Ele trabalhava para o Instituto Brasileiro de não-sei-o-quê. Café, leite, açúcar, manteiga, um desses cabides de emprego do governo brasileiro para gente chique que não sabe fazer nada. Em Londres.

Foi para Londres que meu pai me levou, quando minha mãe se matou.

Não.

Quem me levou foi meu avô.

Não.

Meu pai fez questão de ir ao Brasil me pegar, quando minha mãe se matou.

Meu irmão ficou por aqui. Com uma tia, um padrinho, algo assim. Acabou trabalhando para uma multinacional de cigarros. Hoje vive em algum país da Ásia, casado com uma tailandesa.

Lá, seja lá onde for esse lá, meu irmão ganha caminhões de dinheiro convencendo autoridades asiáticas de que cigarro é bom para a economia local. A destruição dos pulmões de milhões de pessoas é apenas um detalhe supérfluo.

Não. A mulher dele não é tailandesa. É coreana.

Não. Ela é...
Não me lembro. Não importa. É asiática. Daquelas de olhos apertadinhos assim, sorrisinho meiguinho assim, andarzinho jeitosinho assim... Não preciso me lembrar de onde ela é. Não faz diferença.
Da mulher do meu pai me lembro bem. Uma escocesa. De cabelos vermelhos.
Existe coisa mais vulgar do que uma mulher velha de cabelos vermelhos?
Velha para mim, claro, que era uma criança.
Que idade eu tinha?
Quatro? Cinco?
Devia ser novinha, porque fui alfabetizada em inglês. Minha primeira escola foi em Londres. Em casa, papai falava comigo em português. Depois aprendi francês. E alemão. E italiano.

(*Coloca os óculos sobre um móvel.*)

Falava inglês com Harry, francês e alemão com Henri.
Meus dois primeiros maridos.

(*Muda de ideia: pega os óculos e os coloca dentro da bolsa.*)

    Óculos *vintage*. Iguais aos de Jackie.
    Não consigo mais conversar em francês. Não me lembro das palavras, não me recordo dos verbos... Em alemão então... Praticamente nada. *Dankeschöne... Bitteschöne... Guten Tag...*
    Alemão, francês, inglês, até mesmo as palavras em português... Tudo está sumindo.
    Minhas pastilhas estão se apagando. Mas, às vezes, de vez em quando, me lembro de uma música... De partes de uma música...

VOZ
    "*Nun der Tag mich müd gemacht...*"

MAGGIE
    Essa música.

VOZ
    "*... Soll mein sehnliches Verlangen...*"

MAGGIE (*cortando a lembrança da canção*)
    Trouxe apenas estas duas malas. Vim de táxi.

No caminho para cá, abri a janela e soltei os cabelos.

Gosto de sentir o vento nos cabelos. Sempre gostei. Mesmo no inverno.

Mesmo no inverno na Inglaterra, eu só dirigia com a capota do meu conversível arriada...

Meu pequeno conversível. Meu primeiro carro. Um conversível verde. Bem pequenininho. Meu miniconversível que comprei de segunda ou terceira mão.

Eu usava meu miniconversível para sair de Londres nos fins de semana. Vruuum, vruuum, vruuum! Adorava dirigir em alta velocidade, sentindo o vento acariciando meus cabelos. Vruuum! Vruuum pelas estradas e campos da Inglaterra.

(Enquanto fala, abre a bolsa, tira de lá uma escova de cabelos pequena. Escova os cabelos e os prende em um coque simples ou rabo de cavalo.)

Às vezes levava algum namoradinho. Mas quem dirigia meu conversivelzinho azul era eu.

A weekend in the country. Oh so very British.

Passava o fim de semana convidada por gente de quem eu nem lembro o nome, nem isso importa.

Eles me convidavam, eu ia. Nobres, quase nobres, descendentes bastardos de nobres, nobres falidos, nobres empobrecidos... Mas todos esnobes.

Viviam em casas enormes, geladas porque não tinham dinheiro para pagar o aquecimento. Ou em castelos sem móveis, porque os móveis tinham sido vendidos em leilões para pagar dívidas ou para novos-ricos americanos que queriam fingir ser descendentes de nobres.

Ah, os nobres ingleses... Tinham dentes acavalados, escondiam a boca quando sorriam. Mas raramente sorriam. Ingleses de fina estirpe raramente sorriem. Mesmo as filhas de verdureiros, como Margaret Thatcher, raramente sorriem. É considerado vulgar na Inglaterra.

Quem eram aqueles nobres com quem eu passava os fins de semana?

Não lembro.

Mas isso não importa.

Importa lembrar que eu chegava com os cabelos soltos, no meu pequeno conversível verde, e deixava todos encantados com minha vivacidade, com meu senso de humor, com... Com minha...
Talvez o conversível não fosse verde.
Verde, azul, que diferença faz? Era meu. Eu comprei. Com meu dinheiro. Meu. Meu! Gastei na compra daquele carrinho cheio de arranhões e amassados todas as libras que ganhei com a venda de balangandãs e cópias de santos barrocos trazidos de viagens que fiz à Bahia e a Minas.

(*cantarola, com amargo humor*)

"O que é que a baiana tem, oi, o que é que a baiana tem?" Tem muita bugiganga, tem. Barata como convém. Tem prata vagabunda, tem, oi. Fácil de vender para os ingleses, tem...
Minha madrasta, a implacável escocesa de cabelos vermelhos magríssima e elegantíssima, apelidou meu comércio de objetos de arte brasileira de "*beautiful* muamba". Mas ganhei dinheiro com ela, *darling mommie*.

Minha ruivíssima, elegantíssima madrasta escocesa me obrigava a chamá-la de *darling mommie*.

Com minha "*beautiful* muamba" pude abrir mão do pouco dinheiro que meu pai me dava. Passei a ter meu dinheiro.

Minha "*beautiful* muamba" de santos barrocos falsos e balangandãs de prata vagabunda foi minha primeira invenção de mim mesma.

Criei um comércio discreto e chique. Comprava no Brasil, vendia em Londres. Figas, pulseiras, colares, panos da Costa, profetas de pedra-sabão, virgens de madeira. Eu não tinha vinte anos ainda. Isso foi há muito, muito tempo. Tanto que nem me lembro direito. Por mais que eu tente. Ficou para trás. Ficou pela estrada.

VOZ (*sobe, mas permanece pouco tempo*)
"*Freundlich die gestirnte Nacht/ Wie ein müdes Kind empfangen...*"

MAGGIE

Eu não era bonita. Não no sentido clássico. Minha mãe era bonita. Nas fotos se vê: um rosto de traços delicados, femininos, frágeis. A sobrancelha fina, arqueada. Eu me pareço mais com a família do meu pai. Ninguém lá é bonito. Mas eu era jovem. E ficava mais bonita porque eu era jovem e chegava no meu miniconversível prata. Comprado com meu próprio dinheiro. Meu primeiro dinheiro próprio. O despertar do meu espírito utilitário. De que adiantava estar em Londres, nos frenéticos anos setenta, sem nada, senão um par de sobrenomes brasileiros e os tostões que minha madrasta não tirara do meu pai, daquele esquálido salário de diplomata do segundo escalão?

O salário era ruim, mas o passaporte diplomático era bom. Muito bom.

Graças a meu passaporte de filha de diplomata, a alfândega inglesa não abria minhas malas. Nem tocava nelas. Assim eu podia ir e voltar do Brasil carregada da minha "*beautiful* muamba". Até conhecer Harry.

Meu primeiro marido.

Harry era um americano mais ou menos da minha idade. Lindo. Louro. Dourado. *My golden boy*. Menino de ouro, literalmente.

O menino de ouro era herdeiro de uma cadeia de lojas de artigos de pesca no interior dos Estados Unidos, no estado de... Iowa, eu acho. Ou seria em Idaho? Esses estados americanos têm uns nomes estranhos. Utah. Wyoming. Winsconsin... E são tantos.

Não lembro em quantos estados americanos o pai de Harry tinha lojas. Nunca fui lá.

Aos Estados Unidos eu fui, claro. Nunca fui aos estados onde o pai tinha essas lojas de... De algum tipo de bugiganga. A *"beautiful muamba"* da família de Harry ficava em Dakota. Dakota? Não lembro. Talvez em Nebraska...

"You are no longer in Nebraska, Dorothy."

Essa frase é de um filme. Qual? Hum... Os Estados Unidos têm cinquenta estados, quase todos com nomes esquisitos. Como alguém pode lembrar onde ficavam as lojas do pai de Harry Dourado?...

Nebraska! A rede de lojas era em Nebraska, onde há muitos rios e lagos e cachoeiras e trutas e... E aonde os americanos vão para pescar!

Não.

As lojas eram no Kansas.

Nunca fui ao Kansas. "*You are no longer in Kansas, Dorothy.*" Onde ouvi isso? Harry e eu voávamos até Nova York. Eu ficava em Manhattan, Harry ia para esse lugar. Kansas. Ou Kentucky. Ou Nebraska. Harry e eu viajamos muito. Para todo canto. Nova York, Roma, Viena... Viena... Roma, Viena... Salzburg... Viena... e... outros lugares que não estou lembrando agora. Harry e eu. Em Viena, uma vez, ouvi uma música... Uma canção... Uma música tão... Qual é a palavra? Não consigo lembrar a palavra que define essa... Essa música que eu tinha esquecido, mas...

VOZ (*sobe música*)

"*Nun der Tag mich müd gemacht/ Soll mein sehnliches Verlangen/ Freundlich die gestirnte Nacht/ Wie ein müdes Kind empfangen...*"

MAGGIE

Tenho esquecido muita coisa.
E lembrado o que não gosto de lembrar. Mas desde que decidi...

(*Aponta as malas.*)

Partir... Desde que eu decidi ir mesmo embora, essa música... Ela volta à minha cabeça. Essa. Que um dia eu ouvi com Harry em... Numa sala de concerto em...

VOZ

"*Hände, laßt von allem Tun/ Stirn, vergiß du alles Denken/ Alle meine Sinne nun/ Wollen sich in Schlummer senken...*"

MAGGIE

Eu esqueço músicas. Sempre esqueci. Não tenho bom ouvido para música. Nunca tive. Mas essa música, essa música que eu nem lembrava que lembrava, essa música... Eu recordo o som dela. Da melodia. É como se eu mesma cantasse.

VOZ

"*Nun der Tag mich müd gemacht/ Soll mein sehnliches Verlangen/ Freundlich die gestirnte Nacht...*"

MAGGIE

(*tenta cantar*) "*Nun der Tag... mich müd gemacht...*"

É uma canção alemã, eu sei. Mas o que dizem as palavras? O que significam essas palavras? Agora... O dia... Cansaço...

VOZ

"...*Wie ein müdes Kind empfangen/ Hände, laßt von allem Tun...*"

MAGGIE

É uma canção sobre cansaço, eu sei. Como eu sei se não me lembro de nada em alemão? Por que eu me lembro dessa música?

VOZ

"...*Stirn, vergiß du alles Denken/ Alle meine Sinne nun/ Wollen sich in Schlummer senken...*"

MAGGIE

Esquecer... Mergulhar no sono... É isso? Meu Deus, como posso lembrar essas palavras sem saber o que significam? Como posso?

Porque é o que preciso: esquecer. E descansar. Esquecer as dores, as humilhações, eu preciso, preciso. Estou tão cansada. Tão cansada.

VOZ

"...*Und die Seele, unbewacht/ Will in freien Flügen schweben...*"

(*Música cessa subitamente. Silêncio.*)

MAGGIE

Minhas pastilhas estão se apagando.

Não se chamam pastilhas. Eu sei. Mas tampouco lembro o nome dessas... Essas coisas em nosso cérebro. Essas que comandam a memória. Essas...

As pequenas partes que formam um todo, que formam a lembrança em nossa cabeça... Como aquelas pequenas peças que formam as imagens enormes naquele museu na Turquia... Aquele que foi uma basílica em... Em...

Os muçulmanos não podem adorar imagens. Como os judeus também não podem. Então, quando os muçulmanos invadiram e dominaram a... Essa cidade na Turquia, já

vou me lembrar... Nessa cidade, essa igreja, essa basílica tinha imagens enormes de santos. Os muçulmanos cobriram todas elas. Pintaram por cima, puseram cal, massa, cimento... Acabaram com elas. Essas imagens desapareceram por... Por alguns séculos. Muitos séculos. Até que, não lembro bem em que época, um militar jovem da Turquia, esse rapaz tomou o poder, declarou que o país não obedeceria mais a ordens religiosas e mandou que começassem a raspar essas paredes. As paredes dessa... catedral. Basílica. E, conforme foram raspando, foram ressurgindo por baixo da cal e do cimento todos aqueles santos que tinham ficado emparedados durante centenas e centenas de anos. Trazidos à vida de novo.
Eu vi.
É lindo.
Uma vitória sobre a morte.

(*retomando*)

Essa imagens... Essas imagens desaparecidas por séculos e séculos são feitas dessas... pastilhas. Desse tamanhinho. Conforme os artistas vão colocando as pastilhas, elas formam esses desenhos tão bonitos, tão delicados, tão... emocionantes.

VOZ

"...Stirn, vergiß du alles Denken/
Alle meine Sinne nun..."

MAGGIE (*Após aguardar e constatar que a voz não prossegue o canto.*)
Com minhas pastilhas está acontecendo o contrário. Os rostos, as vozes... estão sumindo. Estão sendo cobertas por... por...
Não se chamam pastilhas. São losangos, são... Elas compõem tantas imagens... Não apenas esses santos na Turquia... Essas...
No piso da varanda da casa do meu avô, havia um desenho assim. Composto com essas pastilhas.
Aqui. Bem aqui. Na casa que existia neste lugar.
Eu me sentava no chão, que era fresco, e ficava passando meu dedinho de criança nesse desenho. O desenho da varanda que havia aqui. Onde eu morava, com meu avô, minha mãe, meu irmão e... Eu passava o

dedo por cada pastilha. Era o desenho de...
de uma... Esqueci a palavra... Aquela concha, de onde saem frutas e flores... Uma...

(*A mão fica no ar. Olha em volta.*)

Aqui um dia existiu uma casa e eu morava nela. Eu era feliz nela. A casa do meu avô.
    A casa era de pedra, tinha dois andares e uma varanda em arco no térreo. Meu pai não morava com a gente. Morava em Londres. O quarto da minha mãe ficava nos fundos da casa. Eu e meu irmão dormíamos no andar de cima. O cheiro do mar entrava pelas frestas das janelas altas do meu quarto, tal como penetra aqui, neste quarto de hotel, mesmo com essas janelas fechadas.

VOZ
    "...*Stirn, vergiß du alles Denken/
Alle meine Sinne nun...*"

MAGGIE (*atenta à canção*)
    A primeira vez que ouvi essa música foi num teatro arredondado, forrado de madeira escura. Em Viena. Em Viena. E...

Não, não. O teatro arredondado, forrado de madeira escura, foi em outro lugar. Na Holanda? Meu pai tinha morrido havia pouco tempo, eu sei. Eu acho. Não me lembro direito.

Na época eu estava casada com Henrique Terceiro, Harry The Third, o tal herdeiro de uma rede de artigos de um dólar, no interior de... De algum lugar dos Estados Unidos. Harry alguma-coisa The Third. Os americanos gostam disso. Pai, filho e neto com o mesmo nome, imitando a nobreza. Fulano, Fulano Segundo, Fulano Terceiro. Harry era o terceiro. Louro, alto, lindo. Lindo...

Harry era lindo, dourado... e xucro. Toda mulher gosta de um homem xucro. Dizemos que não, que preferimos homens sensíveis, mas do que gostamos mesmo é de um bom e forte homem xucro.

Harry era um bom xucro. Mas tosco. Bem tosco. Bem americano.

Harry foi o primeiro homem que eu eduquei, refinei e ensinei como avançar socialmente.

Parte da educação de Harry foi musical. Eu o levava a concertos em toda cidade para onde viajávamos. Viajamos muito. Fomos a Viena, fomos a... Viena... Fomos a... a toda parte. Levei Harry aos melhores teatros de ópera e salas de concerto do mundo. Inclusive aquela que tem uma acústica famosa, em... Em Berlim Oriental. No que foi a Berlim Oriental.

Harry sempre saía no primeiro intervalo. E não voltava. Ficava tomando champanhe e fumando no foyer. Naquela época podia-se fumar em qualquer lugar. Numa dessas viagens, tenho quase certeza, foi que ouvi pela primeira vez essa música.

VOZ

"*Hände, laßt von allem Tun/ Stirn, vergiß du alles Denken/ Alle meine Sinne nun/ Wollen sich in Schlummer senken...*"

MAGGIE (*interrompendo*)

Harry alguma-coisa Terceiro não ficava fumando no foyer.

Harry alguma-coisa Terceiro ficava no banheiro, se divertindo com outros rapazes.

Eu descobri.

Não dei importância.

Afinal, fui criada na Inglaterra, onde os homens se divertem com seus criados, mordomos, jardineiros, motoristas... Inclusive os reis.

As brincadeiras de Harry com outros rapazes não atrapalhavam nosso casamento. Harry e eu formávamos um belo casal. O americano dourado *wasp* e a morena exótica chique, parecida com Jackie Kennedy. Viajávamos. Fomos à Índia, que tem um cheiro pavoroso e palácios bregas, como bolos de noiva gigantes. Fomos a alguns lugares na África, que não me lembro direito. Ao Japão eu acho que fomos. Fomos a muitos lugares. Fomos a todos os lugares.

Até o dia em que Harry se apaixonou por um desses rapazes dos banheiros de salas de concerto.

Montou um apartamento para ele. Em Londres. A apenas duas quadras de onde morávamos.

A todo país aonde íamos, Harry levava o rapaz. Em primeira classe. Não há tanta gente assim voando de primeira classe, não é mesmo?

A situação foi se tornando óbvia para todos. Constrangedora. Para nosso círculo de amizades principalmente. Fui obrigada a tomar uma atitude. Confrontei Harry: ou esse rapaz, ou eu.

Ele preferiu o rapaz.

Eu fiquei com nosso apartamento, os móveis, os quadros, os tapetes, os livros e uma confortável pensão. Mais do que confortável. Não me lembro de quanto. Bastante.

Não tinha mais meu pai, não tinha mais meu avô. Mas eu ainda era jovem. Traída, sim, trocada por um homem, sim, mas jovem e rica. Quase rica. Com dinheiro suficiente para não ter que voltar a trazer muamba do Brasil.

Saí viajando. Por aqui, por ali, onde me desse vontade. Fui pela primeira vez à Índia. Vi mortos nas ruas. Vi mortos boiando nos rios em frente a palácios. Vi como a morte é fácil.

A morte. É o que a Índia me lembra. Foi ali que eu conheci meu segundo marido. Henri. Ele era produtor de cinema. Filmes péssimos, mas que davam muito dinheiro.

Ou foi em Roma que conheci meu segundo marido. Florinda nos apresentou.

Quem é mesmo Florinda? Hum. Uma condessa italiana, acho. Não lembro direito. Não importa. Tudo está se apagando.

VOZ

"*Und die Seele, unbewacht/ Will in freien Flügen schweben...*"

MAGGIE

Quando ouvi essa música, eu estava na Holanda. Estava com Henri. Meu segundo marido.

Heinrich: o nome dele era Heinrich. Heinrich Henttenfragen, ou coisa assim. Era austríaco. Mas eu o chamava de Henri.

Louro, alto, bonito etc. etc. etc.

Henri.

Nunca se case com um homem de nome parecido com o do marido anterior. Você acaba misturando os dois na sua memória. Se bem que já não me resta muita.

Henri gostava de música clássica e de mulheres exóticas. Ele me achou exótica. E foi com Henri, numa sala de concertos arredondada, forrada de madeira clara, que eu ouvi essa música pela primeira vez. Em Viena.

(*Tenta ouvir. O som é muito baixo.*)

Somos o que nos lembramos. Somos feitos das recordações do que fomos. Do que vivemos. Do que nos lembramos que vivemos.
    E eu estou esquecendo tudo. Tudo está se apagando. Sumindo. Como as imagens naquela basílica na Turquia. Como os corpos se decompondo em frente aos palácios na Índia.

VOZ
"Und die Seele, unbewacht/ Will in freien Flügen schweben/ Um im Zauberkreis der Nacht/ Tief und tausendfach zu Leben."

MAGGIE
(*sussurra*) Eu não quero morrer.
    O que eu não quero, não vou permitir, é ir apagando, pouco a pouco.
    Meu corpo também está se desfazendo... Como os cadáveres no rio Ganges...

Outro dia, de repente, meu intestino... Ah, meu Deus, que horror. Meus intestinos... Eu me... Toda. Fiquei... Que horror. Um fedor horrível. Tudo. Na roupa... Não controlei.

Não foi só aquela vez. Não foi só uma vez. Nem foram só duas. Acontece de repente. As pastilhas...

Não são pastilhas. São... São... Isso, em nosso cérebro, que nos faz lembrar o que fizemos e o que sentimos. Isso que faz que a gente seja único. Como lembrar o que a cozinheira do meu avô preparava para nosso almoço. O cheiro da carrocinha de pipoca em frente à escola. O chinelo da minha mãe, de salto alto, forrado de cetim rosa-claro, com um pompom na frente. Os selos das cartas que meu avô mandava do Brasil. O vestido da boneca que falava Mama, Mama. O primeiro vestido longo. Um homem dentro de mim. Harry. Henri. Pê Erre...

Primeiro comecei a esquecer nomes. Achei normal. Tanta gente eu conheci. Não seria mesmo possível me lembrar de todos os nomes, todos os títulos, todas as situações, todos os países em que estive.

Depois foram objetos. Ou objetos foi antes. Canetas, batons, cartões, chaves, papéis, rímel, óculos, celular, carteira, óculos, canetas, celular, rímel...

Será que eu trouxe tudo? Minha maquiagem, minha escova de cabelos, está tudo aqui?

Está tudo ali, naquelas malas.

Não há muita coisa dentro delas. Apenas o mínimo necessário.

Apenas o mínimo necessário.

Nessas duas malas.

Naquela estão meus três livros preferidos. Naquela outra, a roupa para o salto.

Alguma camareira ficará com tudo, provavelmente. Ou a polícia recolherá. Ou entregará à minha sobrinha.

Se ela aparecer para recebê-las.

O que é pouco provável.

Não virá de Londres para a cremação, quanto mais para receber roupas velhas. Grifes antiquadas. *Tant pis.*

E por que viria? Sempre me detestou. Sempre me culpou pela morte da mãe.

Não fui eu a responsável, querida sobrinha. Foi seu pai quem me procurou. Sua mãe magríssima, louríssima e elegantíssima estava inerte numa cama, deprimida igualzinho a minha mãe tinha ficado. Em silêncio. No escuro. Seu pai que me procurou. Para mim era só uma brincadeira. Um jogo erótico com meu cunhado. Ele se chamava Geoffrey. Ou Jonathan. Eu não era bonita como sua mãe. Nunca fui bonita. Não no sentido clássico de beleza. Mas eu era jovem. Eu tinha vitalidade, eu tinha alegria, eu tinha...

Assim foi. Assim é que eu me lembro. Não importa. Sua mãe sempre foi infeliz. Como a minha mãe. Linda, perfeita, chique, *soignée*... e infeliz. O que seu pai fez apenas apressou a decisão dela. Se não jogasse o carro contra a árvore, teria cortado os pulsos. Ou aberto o gás. Ou tomado barbitúricos, como minha mãe. Não fui amante do seu pai.

Quer dizer: fui, sim.

Porém antes de Geoffrey conhecer sua mãe.

Ela que o tomou de mim. Ela se casou com ele.

Você já era nascida quando seu pai me procurou. Para mim era uma brincadeira. Eu já estava casada com Harry Dourado.

Durante quanto tempo seu pai e eu brincamos de amantes? Não me lembro direito.
Em que ano foi?
Não me lembro. Não importa.
Não me desculpo. Apenas não me lembro exatamente de como... Foi ele, claro. Foi Geoffrey. Jonathan. Seu pai se chama Jonathan. Foi ele que me procurou e... Com certeza. Eu nunca, nunca... Nunca.
Pois então estamos quites, querida sobrinha. Agora é minha vez de partir. Sem deixar filhinhas chorosas para trás.
Sem deixar ninguém.
Não quero piedade.
Não quero mais nada.
Eu me registrei aqui com meu nome verdadeiro. Meu nome de solteira. Para facilitar a identificação do corpo.
Na recepção, nenhum dos rapazes poliglotas, vestidos em blazers azul-marinho e gravatas que copiam escolas inglesas das quais eles nunca ouviram falar, nenhum deles me reconheceu.
Não teriam por que me reconhecer.
Pareço apenas mais uma senhora de idade indefinida.

Os rapazes poliglotas de blazers azul-marinho e gravatas de escolas inglesas das quais nunca ouviram falar não têm ideia de quem eu sou.

De quem eu fui.

Há muito tempo as colunas sociais não publicam fotos minhas.

Nas raras ocasiões em que fui citada, eu era o penúltimo ou o último nome na lista de alguma festa de personagem secundário da sociedade, em alguma coluna social secundária de um blog secundário, acotovelando-se em busca de atenção na internet.

(*cantarola, parodiando a canção "You're the top", de Cole Porter.*)

You're no longer the top,
You are not the Coliseum,
You're not the top
You are not the Louvre museum.

Ninguém mais é top.

A lista de celebridades agora é feita de personagens secundários. Em vez de pessoas da sociedade, mulheres-frutas, cantores da roça, políticos de quinta categoria.

E arrivistas. Como PR. Meu terceiro marido. Brasileiro, bem mais novo do que eu, desses que sabem deixar uma mulher louca. Um joão-ninguém ambicioso dentro de uma corretora de valores.

Um rato solto dentro de uma despensa cheia de comida.

Por esse rato abandonei Henri. Saí bem: Henri era um homem generoso, me deu todas as joias que pedi, obras de arte, ações, apartamentos em Paris, Nova York, Rio...

PR não era alto, não era forte, não era... Nem louro era. Mas... Xucro. Um bom homem xucro, entendem o que quero dizer?

Me encantei.

Ajudei PR a subir na vida. Usei meu dinheiro para abrir uma corretora para ele, induzi amigos a investirem com ele, apresentei-o às pessoas certas, ensinei-o a comer, beber, ouvir música, ouvir conversas tediosas com ar de interesse desde que do outro lado houvesse alguém com bom dinheiro para investir. Fiz de PR um homem rico.

Hoje PR vai levado na coleira por uma paulistinha burrinha, vulgar, exibicionista e sem um pingo do meu refinamento e do meu trânsito internacional.

Mas com metade da minha idade. E um pai dono de construtora, dessas associadas a todas as obras superfaturadas que pipocam por aí.

Como é mesmo o nome da nova mulher do PR? Tábata? Samanta? Eduarda? Nome de travesti. Ou de seriado de televisão. Tábata...

Os pais deviam ver muita televisão.

Tampouco me lembro de como PR me avisou que nosso casamento tinha acabado. Nem como exigiu que eu deixasse o apartamento que tinha passado para o nome dele, com as procurações que assinei sem olhar, que eu deixasse as obras de arte, as ações que movimentava em seu nome, tudo. Tudo.

PR já tinha incorporado tudo o que lhe ensinei. Tudo o que refinei. Já não precisava mais de mim.

Além de ter tomado tudo o que era meu. Que eu achava que era meu.

Como fui burra.

Toda mulher apaixonada é burra.

Burra e cega.

Com Harry Dourado me casei por amor, mas tenho uma boa desculpa: eu era jovem. Deu no que deu: ele me abandonou por outro homem. Meu casamento com Henri produtor de filmes péssimos foi harmonioso porque eu nunca o amei.

Burra...

Saí do casamento com PR com uma mão na frente e outra atrás.

Ou quase isso.

Só me restou o que PR não sabia, ou não lembrou, que eu tinha: um *pied-à-terre* em Manhattan, um conjugadozinho que tinha comprado quando ainda estava casada com Henri, e um punhado de ações na bolsa de Nova York.

Torrei as ações e fui viajar pelo mundo.

Fui a um monte de lugares exóticos, cheios de templos, macacos e palácios cafonas. Não lembro os nomes. Não importa.

Comprei algumas coisas nesses lugares, vendi, comprei outras, vendi. Tecidos, echarpes, roupas, estatuetas, balangandãs... Um tanto como no começo, em Londres.

"*My beautiful* muamba."

Mas eu não era mais jovem. Não tinha mais a mesma energia. Nem o passaporte diplomático.

E já tinha começado a esquecer.

Perdi um voo porque me esqueci que embarcava de sei lá onde para um outro lugar qualquer. Depois um outro. E mais outro. Vários.

Quantas vezes, na chegada, eu olhava as malas na esteira e não reconhecia qual era a minha. Tinha que esperar até ficar apenas a última. Aí eu podia pegar, sem medo de dar vexame.

Um dia acordei sem saber onde eu estava.

Era um hotel de rede, desses iguais no mundo inteiro. Foi a primeira vez que eu tive medo... Disso. Dessa escuridão.

VOZ

"*Nun der Tag mich müd gemacht/ Soll mein sehnliches Verlangen/ Freundlich die gestirnte Nacht/ Wie ein müdes Kind empfangen...*"

MAGGIE

Dei uma nota de cinquenta dólares ao rapaz que trouxe essas malas. Ele ficou espantado. Cinquenta dólares.

Meus últimos dólares.

Vendi o conjugado em Manhattan, apliquei em ações que despencaram, fiquei sem nada.

Fui para a casa de uma amiga em Roma, dos tempos de Henri produtor de filmes ruins campeões de bilheteria. Fiquei em Roma um tempo, fui para a casa de outra amiga, em Barcelona, depois para Madri, Lisboa, Estoril e outros lugares de que agora não me lembro...

Hóspedes são como peixe: começam a feder, depois de certo tempo.

Pulei de casa de amiga para casa de amiga por esses últimos anos, me hospedando aqui e ali, até que...

Não tenho mais nenhum dinheiro.

Não preciso mais de dinheiro. Não precisarei mais de dinheiro. Nunca liguei para dinheiro. O que eu tive, gastei. Simples assim. Nossa família nunca ligou para dinheiro.

(Fica parada, em silêncio, olhando em frente por um tempo, como se estivesse perdida no meio da neblina que invade sua memória. De repente, volta.)

Nasci aqui. Na casa que existia no terreno onde construíram este hotel. Quando minha mãe se matou, fui viver com meu pai em Londres. Embarquei sozinha no avião. Eu devia ter uns quatro anos.

Em Londres, quando eu tinha uns dezoito, dezenove anos, me apaixonei por um inglesinho lourinho e magrinho, um nobre empobrecido, com dentes acavalados. Ele tapava a boca quando sorria.

Não me lembro do nome dele.

Lembro que ele tinha um conversivelzinho de segunda mão, cheio de arranhões e amassados. Um miniconversível azul. Ou verde.

Num fim de semana ele me levou para conhecer os pais, na propriedade rural onde moravam. Fazia frio dentro da casa. Eles não tinham dinheiro para pagar uma boa calefação. Tinham vendido muitos dos móveis em leilões. Ou para novos-ricos americanos.

Quando estávamos chegando no miniconversível, eu...

O conversivelzinho era prata e eu pedi que Matthew, acho que o nome dele era Matthew, pedi que Matthew baixasse a capota. Adorei sentir o vento nos meus cabelos.

Eu pensei: um dia ainda vou ter um conversível como este.

Mas nunca aprendi a dirigir.

Fico apavorada no trânsito.

No táxi, vindo para cá, abri as janelas para sentir o vento nos meus cabelos. Tal como naquela manhã de sábado. Acho que era um sábado.

VOZ

"...Nun der Tag mich müd gemacht/ Soll mein sehnliches Verlangen..."

MAGGIE (*interrompendo a música*)

Eu sei que ainda sou aquela jovem no conversível, com os cabelos ao vento, indo para... Indo para... algum lugar, no fim de semana. Não exatamente bonita, mas... atraente. Cheia de...

Jovem.

Jovem.

Pronta para todas as vitórias e as alegrias da vida que estava começando.

(*Aproxima-se do espelho coberto.*)

Cobri o espelho.

Faço isso em todos os lugares a que vou.

Tenho horror a espelhos. Horror, horror.

Essa mulher que eu vejo no espelho... Essa... Essa velha. Não sou eu.

As cirurgias plásticas não me devolveram quem eu sou. Esse cabelo tingido, o silicone nos seios, a lipoaspiração na barriga e nas coxas... não adiantaram nada. Continuei desaparecida.

Essa velha não sou eu. Essa pele flácida não é minha. Eu não sou essa. Eu não sou isso. Eu estou presa aqui dentro.

(*Longa pausa.*)

Mas não por muito tempo.

(*Põe as malas sobre a cama, começa a abrir, para.*)

Harry. O nome dele era Harry. Lindo Harry. O americano louro, alto e dourado era Harry. Harry alguma-coisa Terceiro. Harry eu conheci em um fim de semana na casa sem móveis e fria de um barão... Conde... Esqueci. Não importa.

Quem eu conheci na Costa Amalfitana foi Henri. Heinrich. Um produtor de cinema austríaco. Casei com ele. Não o amava, mas casei com ele. Foi um ótimo casamento. Tranquilo. Equilibrado. Henri.

Henri tinha uma casa em Positano. Não, estou me confundindo. Positano é em outro lugar. Quem morava ali era um escritor americano, primo da Jackie Kennedy. Eu me parecia com a Jackie.

(*Pega os óculos.*)

Vintage...

(*Parece perder-se novamente.*)

(*voltando*) Conheci Henri em alguma cidade de algum lugar e fomos à Costa Amalfitana porque um amigo alugava uma casa ali no verão. Casado com uma atriz exótica. Florinda alguma-coisa. A atriz exótica tinha feito um filme produzido pelo Henri.

Não era uma casa. Era um barco.

Saíamos de barco e íamos parando nas cidadezinhas tão graciosas, cheias de casinhas brancas construídas nos penhascos. Parávamos em... em...

O mar era muito azul.

Nós mergulhávamos naquele mar azul, tomávamos vinho gelado e comíamos frutos do mar preparados pelos marujos.

Não.

Comíamos frutos do mar e peixes fresquíssimos nas cidadezinhas tão graciosas, cheias de casinhas brancas construídas nos penhascos...

Onde?

Onde?

(Maggie vai até os janelões, escancara os painéis de vidro fumê. Ouve-se o ruído de trânsito, muitos andares abaixo, algumas buzinas. Uma brisa sopra do leste. As cortinas transparentes ondulam.)

(Maggie aspira fundo. Debruça-se, observa o trânsito. Fala, de costas para a plateia.)

Os bons cidadãos, tal como as andorinhas, rumam para o sul. Para casa. Para suas mulheres, seus filhos, seu uísque com gelo — ou muito gelo, o jantar com pouco colesterol —

ou muito colesterol. Rumam para outra noite de televisão, talvez uma sessão de cinema, ou uma peça engraçada, um chope e uma pizza, quem sabe um jantarzinho, num restaurantezinho, com um vinhozinho... Depois o descanso antes de voltarem ao trânsito amanhã de manhã, e dali para o escritório, para um dia inteiro igual ao de hoje, de onde sairão para esse tráfego rumo ao sul. Como as andorinhas.

(*Vira-se.*)

Amanhã. Não os verei.

(*Vai até o espelho coberto. Fica de frente para ele.*)

Amanhã. Nunca tive medo dessa palavra e do que ela significa. Amanhã. Eu escolhia o meu amanhã. Eu decidia o que seria o meu amanhã. O que faria, que lugares desconhecidos iria visitar, quem iria namorar, com quem iria fazer amor... Ontem. Antes. Eu nem pensava no amanhã.

O amanhã era uma abstração. Como o tamanho do universo. Algo assim. Incalculável. Imponderável.

Então, um dia, eu acordei velha.
Velha e sem dinheiro.
Velha, sem dinheiro e sem filhos.
Fui casada três vezes e não tive filhos. Não sou fértil.
Detesto essa palavra: fértil. Fértil é vaca, ovelha, égua. Eu não sou fértil. E não tenho obrigação de ser fértil. Nenhuma mulher tem obrigação de ser fértil.

(*Volta à janela. O céu tornou-se mais escuro. No interior do quarto do hotel a luz diminui.*)

Não havia tanto barulho de buzinas e carros nesta avenida. Isso eu me lembro. Me lembro bem.

(*Vira-se.*)

Porque aqui, bem neste lugar, ficava a casa do meu avô.
Era uma casa simples, pequena, graciosa, de um andar apenas. De muito bom gosto.

(*Vai ao interruptor, acende a luz. É clara demais: ela cobre os olhos. Apaga a luz. Vai a cada abajur e acende-os. Lá fora a noite se instala.*)

Um andar? Ou dois andares? Era mesmo de pedra? Tinha mesmo uma varanda em arco?

Não sei. Não tenho certeza. Não me lembro direito. Não me lembro direito de quase nada.

Não sei direito como era nossa casa. O que eu não me recordo é a mentira? É a verdade?

Minhas pastilhas estão se apagando. Cada vez mais rápido. Como se minhas lembranças estivessem desenhadas em areia, e o vento... O vento faz que elas se... Elas...

Eu estou sumindo. Eu estou desaparecendo.

Antes de sumir totalmente, eu parto. Daqui, deste mesmo lugar onde minha vida começou.

Onde deixei o documento exigindo que meu corpo fosse cremado? Eu o trouxe?

(*Abre as malas, busca, tira o que está dentro: papéis, documentos, mas não o que ela quer. Procura, em seguida, entre as páginas dos livros. Tampouco está ali.*)

Certidão de nascimento, passaporte, testamento... Está tudo aqui. Menos o documento certificando que desejo ser cremada. Tenho horror da ideia de ser enterrada. E para quê? Ninguém vai visitar meu túmulo mesmo.

Não faz mal. Não importa. Nada mais importa.

(*Abre a gaveta da escrivaninha, encontra o papel e a caneta de que precisa.*)

Deixarei instruções escritas.

(*Senta-se.*)

O que devo escrever? A quem interessar possa? Às autoridades? A quem encontrar esta carta?

Escreverei algo simples.

Quero ser cremada e façam das minhas cinzas o que bem entenderem. Basta escrever isso e assinar? Devo colocar a data? Que dia é hoje?

(*Olha em volta.*)

Não há nenhum calendário aqui.

Não posso ligar para a recepção e perguntar que dia é hoje. Vão achar que estou louca.

Vou escrever uma carta. Num tom bem razoável. De uma mulher em pleno domínio de suas — como se diz? Capacidades mentais. Tenho total controle de minhas faculdades mentais. Continuo tendo domínio de minhas faculdades mentais. Por isso decidi partir. Enquanto tenho o comando de minhas pastilhas.

Scheiße! Merde! Não são pastilhas. A composição não é feita de pastilhas. *Merde, merde, merde!*

Porque eu ainda tenho lucidez, ao menos alguma lucidez, parto antes de perder controle total sobre minha memória. E meu corpo.

Partirei sem nenhuma acusação a ninguém. Sem rancor. Nem melancolia. Adeus apenas. Uma carta com polidez e civilidade.

(*Levanta-se. Vai até uma das malas, abre-a, retira dali roupas.*)

A roupa para o salto. Um corpete, para evitar que meus seios ou minha barriga fiquem à mostra. Fiz as unhas dos pés e das mãos, me depilei. Não comi nada, para que meu intestino não se solte e me faça passar vergonha.

(Tira um vestido da mala. O vestido deve ser longo, esvoaçante e drapeado, lembrando a escultura da Vitória de Samotrácia, que está no alto de uma das escadarias do Museu do Louvre.)

    Givenchy. Autêntico. *Vintage*.
    Usei uma única vez.
    Uma noite de gala em Nova York. Naquele teatro de ópera enorme, que tem umas janelas assim, em arco, altas, de uns três andares. Na frente do teatro há uma fonte. E um pátio. Muito amplo.
    Chegamos de limusine. Harry e eu. Lindos. Eu era jovem. Harry era jovem. Quando entramos no teatro...
    Eu sabia como impressionar. Passos largos, que tornavam o vestido mais esvoaçante. Olhando para a frente. Com um suave sorriso nos lábios, quase imperceptível.

(Caminha pelo quarto, segurando o vestido à frente.)

As pessoas paravam de conversar, simplesmente paravam de conversar quando nós passávamos. Cochichavam. Quem são esses dois?, com certeza se perguntavam. Como são belos. Um homem grande, perfeito, dourado, e essa morena, diferente, de traços fortes, vestida como uma deusa.

(*Para.*)

Harry morreu há três anos. Teve aquela doença horrível, que tantos rapazes tiveram, fez todos os tratamentos que sua fortuna permitiu, mas...
    Morreu com menos de cinquenta quilos. Um fiapo. Coitado.
    Meus pais estão mortos.
    Meus amigos estão mortos.
    Ou dementes.

(*Deixa o vestido sobre a cama. Volta à escrivaninha. Relê o que escreveu. Não gosta. Amassa. Joga na lata de lixo.*)

Escreverei apenas palavras essenciais.

(*Escreve.*)

Boa noite a todos.

(*Para, sem saber como continuar.*)

Boa noite a todos.

(*A caneta continua na mão e a folha de papel diante de Maggie, mas ela nada escreve.*)

Todos. Da vida inteira. Longa vida. Mais do que consigo lembrar. Mais do que consigo suportar. Mais do que...

(*Levanta-se. Anda pelo quarto. Para diante do espelho coberto.*)

Por que colocam espelhos em todos os lugares? Que grosseria. Detesto me ver. Detesto ver essa mulher. A mulher que eu me tornei.

(*Aproxima-se do espelho. Teme. Mas cansou de se esconder. Num ímpeto, puxa o tecido que cobre o espelho. Encara-o. Enfrenta a própria imagem. Perdeu o medo.*)

O que sobra de nós, afinal, é isso? A sombra do que fomos? O arremedo do que fomos? A caricatura do que fomos? Fala! Fala! Diz alguma coisa para mim. Fala!

O esquecimento é um alívio.

Mas nem sempre.

Gostaria de lembrar a voz da minha mãe. Mas não consigo. Não consigo, não consigo, por mais que tente não consigo. Nem a do meu pai. Nenhuma voz. Nem os rostos. Como se fossem desenhos que alguém está apagando.

(Começa a desabotoar a blusa, quase sem perceber, enquanto caminha para um dos abajures e o apaga. Fará isso com as outras luminárias do quarto, enquanto se despe.)

Nasci aqui.

Nasci na casa que existia aqui.

Era uma casa pequena, mas de muito bom gosto, onde eu vivia com meu pai e minha mãe. Eles eram bonitos, alegres, muito felizes. Se amavam perdidamente. Fui muito feliz com meus pais, nessa casa.

(Começa a se vestir. A luz dentro do quarto vai ganhando tons irreais. Quando termina, ela própria parece cheia de luz.)

Fiquei fascinada quando vi Harry naquela casa inglesa, sem móveis e sem calefação. Ele era dourado, lindo, parecia... iluminado. Ele me atraía como... Não sei. Mágica.

De onde você é, eu perguntei. Daí, de todos os lugares, ele respondeu. Meus amigos me chamam Maggie, eu disse. Qual é o seu nome, eu perguntei, e ele respondeu, Harry, meu nome é Harry. Você não é inglês, creio que eu disse. Rá, rá, ele riu, Claro que não.

Foi assim que começou. Numa casa no interior da Inglaterra. Numa tarde de sábado.

Não me lembro para onde fomos, o que fizemos depois, só me lembro que desde aquele instante eu o amei. Eu o amei, amei, amei. Como nunca tinha amado ninguém. Como nunca mais amei homem nenhum. Eu senti que tudo o que eu tinha feito, tudo o que eu tinha vivido, tudo fazia sentido porque, naquela tarde de sábado, eu o encontrei. Eu senti como... Como se eu tivesse estado perdida a minha vida toda, como se por toda a minha vida eu tivesse sido separada dele e, finalmente, naquela tarde de sábado, naquela casa fria e com poucos móveis, eu o encontrei. Eu o reencontrei. Porque era isso: um reencontro. Um alívio. Finalmente, eu pensei. Finalmente. Por isso é que eu vivi até agora. Para encontrá-lo. Naquela tarde. Naquela casa. Naquele instante. E seria para sempre.

(Está completamente vestida. Vai, triunfante, até o espelho, como se caminhando numa noite de gala no Lincoln Center, em algum tempo do passado.)

Estou pronta.

(Mira-se. Ajeita os cabelos, passa um batom ou um pó e, de repente, vê pelo espelho algo que só a lembrança dela vê.)

Harry!...
(virando-se) Harry!...
Harry, disseram que você tinha morrido!...

(*Dá uns poucos passos, aproximando-se do homem que não vemos. Ela "toca" o rosto, os cabelos, os ombros de Harry, enquanto conversa com ele.*)

Harry, você está vivo!... Que bom ver você. E logo hoje. Eu estava tão... Harry! Que bom, que bom ver você aqui. Você está tão bonito!... Exatamente como naquela tarde em que nos conhecemos! Esse rosto tão perfeito... Esse nariz reto, longo... A pele, Harry! Que pele macia a sua!... E os cabelos! Tão louros, tão... dourados!... Harry, Harry! Você não imagina o prazer em ver você assim, aqui, agora, neste momento. Harry... Harry, eu estava tão sozinha. Eu estava tão perdida. É um alívio tão grande ter você aqui, do meu lado, neste momento. Harry, Harry, Harry...

Eu coloquei este vestido porque... Você se lembra deste vestido? Lembra mesmo? Daquela noite, onde foi aquela noite de gala? Isso, exato, foi no Lincoln Center! Ah, você acha que eu estava linda? Acha mesmo? Sim, exato, nós chegamos em uma limusine. Chegamos em uma limusine, atravessamos o pátio e, quando entramos no prédio do Metropolitan Opera, as pessoas paravam de conversar, simplesmente paravam de conversar quando nós passávamos. Sim, isso mesmo, elas cochichavam: quem são esses dois?, como são lindos, como são belos, como são jovens e lindos e belos!...

No palco do Metropolitan Opera, uma soprano negra, majestosa, cantava...

VOZ

"*Nun der Tag mich müd gemacht/ Soll mein sehnliches Verlangen...*"

MAGGIE

Sim, era isso que ela cantava! É um poema de Hermann Hesse, musicado por Richard Strauss. Ah, como eu me lembro, como me lembro claramente. Foi uma das quatro últimas canções compostas por Richard Strauss antes de morrer. Ele já estava morrendo quando compôs essa música. Eu traduzi as palavras para você, você lembra? Eu falava alemão tão bem...

VOZ (*música continua, enquanto ela traduz*)
"Freundlich die gestirnte Nacht/ Wie ein müdes Kind empfangen/ Hände, laßt von allem Tun..."

MAGGIE
"Ao fim do dia, exausta, busco ardentemente o repouso na noite estrelada, como um amigo acolhe uma criança fatigada... Mãos, cessem todo trabalho... Cérebro, afaste todo pensamento... Todos os meus sentidos querem afundar no sono... E minha alma, livre, quer voar solta no espaço, pelos círculos mágicos da noite encantada, onde vai viver milhões de vidas..."

(*esconde o rosto com as mãos*) Ah, não! Não me olhe, Harry!... Estou tão abatida...

Ah, você não acha? Você não acha que estou abatida? Estou igual estava naquela noite? Acha mesmo? Ah, Harry, você sempre tão gentil, tão doce... Viu que eu guardei o vestido? Você que me deu. Você me disse, lá em Paris, nós estávamos em Paris, passamos em frente à Maison Givenchy e você me disse: entre aí nesse costureiro e compre a roupa mais cara que ele tiver. Era este vestido aqui. Exatamente igual ao vestido que Audrey Hepburn usou naquele filme com Fred Astaire, aquele em que ela desce as escadas do Museu do Louvre.

Viu como eu me lembro de tudo, Harry? Me lembro de tudo, tudo, tudo.

Eu me recordo de cada momento que você e eu passamos juntos. Que bom estarmos juntos mais uma vez.

VOZ

"Stirn, vergiß du alles Denken/ Alle meine Sinne nun/ Wollen sich in Schlummer senken..."

MAGGIE

Quero ficar com você para sempre, Harry.

VOZ

"Und die Seele, unbewacht/ Will in freien Flügen schweben..."

MAGGIE

Me dá a mão.

VOZ GRAVADA

"*Um im Zauberkreis der Nacht/ Tief und tausendfach zu Leben.*"

MAGGIE

Vem, Harry! Vem! Vamos entrar nessa festa de gala e mostrar como somos jovens, como somos bonitos, como somos felizes, como temos todo o futuro à nossa frente.

(*Caminha até a cadeira junto à janela. Sobe.*)

Vem, Harry. Vamos. É nossa hora.

(*Põe o pé na moldura da janela, luzes baixam, música sobe.*)

Cai o pano.

17 dez. 2013 – terça-feira

A peça *Boa noite a todos* teve sua primeira leitura em Olinda, durante a 8ª edição da Fliporto – Festa Literária Internacional de Pernambuco, sábado, 17 de novembro de 2012.

A personagem Maggie foi interpretada por Christiane Torloni, em encenação dirigida por José Possi Neto.

A CONSTRUÇÃO DUPLA DE
BOA NOITE A TODOS

Às vezes não há saídas.

Assim sempre foi para Maggie.

Quando a personagem surgiu, há cinco anos, seu fim já estava traçado. Tal como se passa na peça e na novela. Tal como se deu na vida real. Porque Maggie, como tantos personagens de textos meus, é inspirada em gente que existiu e com quem convivi. O que alterei, e alterei muito, foram traços íntimos, capazes de tornar Maggie mais uma criatura de ficção do que arremedo de alguém que existiu.

Mesmo porque Maggie não é inspirada em apenas uma pessoa. Maggie foi muitas.

Maggie foi Maria Helena, foi Vera, foi Silvia, foi Liane, Margarida, Marina, Isabel, foi mulheres, e mesmo alguns homens, cujos caminhos chegaram ao fim de forma inexorável, injusta, cruel e... precoce.

O fim de caminho é um dos temas de *Boa noite a todos*.

Seguramente o que me empurrou a escrever este livro.

As primeiras anotações sobre Maggie vieram depois da publicação de *Se eu fechar os olhos agora* e antes de *A felicidade é fácil* chegar às livrarias. A história dela, sobre ela, parecia ser a terceira vertente do romance *Vidas provisórias*, que já era, então, a continuação do que se passara com Barbara, a jovem faxineira, filha do motorista assassinado de *A felicidade é fácil*, e com Paulo, cujas décadas no exílio eram apenas pinceladas em *Se eu fechar os olhos agora*.

Maggie já se chamava Maggie e já chegava ao hotel, seu destino final, desembarcando do táxi com os cabelos ligeiramente despenteados, com suas velhas malas de grife e suas memórias — ou o que resta delas.

Imediatamente identifiquei nela algumas das pessoas que compuseram seu esboço inicial, e dali foram se contrapondo outras características, reais e ficcionais, como um mosaico desaparecendo sob massa e tinta branca, paralelo feito por Maggie, ao usar o exemplo da antiga basílica cristã ortodoxa de Santa Sofia, em Istambul, cujas imagens foram cobertas durante o domínio muçulmano da Turquia.

Mas Paulo e Barbara ganharam mais e mais espaço em *Vidas provisórias*, enquanto Maggie se desenvolvia em uma trama inteira e claramente apartada deles. Ainda que Maggie também fosse uma expatriada, como os outros dois personagens centrais daquele romance, e tivesse uma vida ainda mais errante do que eles, o contexto era diverso.

Maggie saiu totalmente de *Vidas provisórias*. Mas não desapareceu.

Escrevi A *felicidade é fácil* — inspirado em relatos reais — e continuei desenvolvendo *Vidas provisórias* ao longo de 2010, 2011, 2012 e início de 2013, sem, contudo, abandonar *Boa noite a todos*.

Aí se deu uma bifurcação inesperada.

Antes mesmo de se completar como prosa, *Boa noite a todos* começou também a brotar como texto teatral. Nunca pensei nele como um monólogo, mas, sim, como uma peça de uma única personagem.

Novela e peça prosseguiam como, essa foi a imagem que fiz, irmãs gêmeas.

Textos gêmeos, enfim. Semelhantes, mas nada idênticos.

Boa noite a todos teve este título desde o início.

A personagem também nunca teve outro nome. Ela nasceu Margareth, no Brasil, herdeira de sobrenomes importantes de senhores de engenho pernambucanos, mas filha caçula de um diplomata de terceira linha. Nem mesmo um diplomata: um funcionário do escritório do Instituto Brasileiro do Café em Londres, na segunda metade dos anos 1960, bem relacionado com os militares que, então, detinham o poder em nosso país.

Margareth, contudo, nunca foi chamada assim. Sempre foi Maggie, tanto na novela quanto na peça. Não havia sido uma mulher exatamente bonita, como diz em dado momento de ambos os textos, mas era cheia da vitalidade e do brilho da juventude, que acabam por se transformar numa visão de beleza ou, pelo menos, de encantadora sedução. Muito mais poderosa do que a beleza (essa, sim, real) de sua meio-irmã, a esguia, loura, elegante Tess.

Maggie é, igualmente, o nome de uma das personagens mais conhecidas de Tennessee Williams: a bela, manipuladora e manipulada, insubmersível, sedutora Maggie The Cat, protagonista de *Gata em teto de zinco quente*.

A sedução da Maggie de *Boa noite a todos* incluía a semelhança dos traços agudos de seu rosto com os de Jacqueline Kennedy e que, segundo ela própria crê, fazem dela quase uma sósia da atriz canadense Geneviève Bujold, de *Ana dos mil dias*, um dos poucos filmes de cujo título Maggie se lembra.

Mas ela se recorda cada vez menos.

Ela não consegue se lembrar, por exemplo, do nome do ator com quem achou Harry — sua grande paixão pela vida toda — parecido quando viu pela primeira vez "o dourado Harry", como tantas vezes se refere ao primeiro marido. Trata-se, evidentemente, do inglês Michael York, que gozou de grande popularidade em filmes como *Romeu e Julieta* (1968), de Franco Zefirelli, e *Cabaré* (1972), de Bob Fosse.

Outro nome que aparece e desaparece da mente de Maggie, e a quem ela igualmente não consegue identificar, é Florinda. Ela sabe que deve ter conhecido alguma Florinda, acredita que possa ter sido durante o período de seu casamento com um produtor europeu de filmes baratos e lucrativos, mas não dá rosto nem sobrenome a essa Florinda.

É uma confusão de imagens, como num jogo de espelhos.

Claro que Florinda é a atriz Florinda Bolkan, estrela de vários sucessos de público (*O anônimo veneziano* [1970], de Enrico Maria Salerno) e de crítica (*Investigação sobre um cidadão acima de qualquer suspeita* [1970], de Elio Petri) nos anos 1970, brasileira como Maggie (Bùlcão era seu sobrenome original), com o mesmo tipo de rosto anguloso da ex-primeira-dama americana e da atriz canadense. O trio Geneviève Bujold, Jacqueline Kennedy e Florinda Bolkan forma ângulos diversos do mesmo rosto, o de Maggie, na juventude.

Florinda Bolkan, Michael York, Judy Garland, Carmen Miranda: o cinema — sobretudo filmes vistos por Maggie na infância e na juventude — é presença importante nas divagações da personagem, ainda que ela raramente chegue, tal como no caso de Florinda, a identificar a temática. Tornam-se enigmas para sua mente conturbada, como a frase *"You are no longer in Kansas, Dorothy"*, que Maggie não atina ter ouvido quando menina, no filme *O mágico de Oz*.

Cinema, ainda: além de ter sido casada por mais de quinze anos com o austríaco Heinrich "Henri" Döppelbrandt, produtor de "filmes baratos e lucrativos, estrelados por gladiadores halterofilistas, caubóis meridionais, atores de Hollywood falidos", Maggie e o segundo marido badalavam — para usar um verbo muito utilizado na época — no círculo formado pela grã--finagem que mosqueava em torno de celebridades da sétima arte, em que ela criou relações importantes para sua sobrevivência quando, mais tarde, se viu abandonada pelo jovem terceiro marido.

Assim como o cinema, também a música pop marcou a geração de Maggie, ainda que ela não consiga unir as palavras de uma canção à lembrança de um show de Elton John visto em Londres ("Sim, piano de cauda branco. Ele também se vestia de branco. Uma casaca branca. De cetim. Ou seda. Óculos cor-de-rosa, enormes, cobriam boa parte de seu rosto. Ele cantava: *So goodbye, yellow brick road, where the dogs of society howl..*").

Utilizei a música brasileira mais tocada de todos os tempos para pontuar tanto o absurdo anacronismo quanto a melancolia de uma vida arrancada de seu lugar original, e que para ele só volta quando Maggie decide encerrar tudo.

"Aquarela do Brasil", de Ary Barroso, visão utópica de um país que nunca existiu senão na fantasia, vem na versão em inglês.

Na peça e na novela, os verbos se repetem, sem a utilização de sinônimos ou substitutos. Não poderia ser de outra forma, ao dar voz a alguém que está perdendo a memória, incapaz de lembrar nomes de pessoas que conheceu, objetos, até mesmo cidades onde morou nos últimos quatro anos.

No texto em prosa, os segundos entre a saída do táxi, em frente ao hotel, e a mesura do porteiro ao atendê-la, ou a caminhada dali, atravessando a porta giratória, até a chegada à recepção, e a entrega do cartão-chave da suíte que Maggie ocupará no décimo quinto andar permitem — tal como em nossa memória — a rememoração de incontáveis episódios, de várias décadas de sua vida, despertados por fatores aparentemente tão corriqueiros quanto o vento que entra pelo vidro da janela aberta do táxi. Ou as gravatas de listras azuis e amarelas dos rapazes poliglotas atrás do balcão.

Fiz uma opção radical para o palco. Joguei a ação do meio para o fim da trama. Maggie já está na suíte, ao lado das duas malas, em pé, de costas para o público, quando abre a peça.

Suas ausências e hesitações são indicadas logo no primeiro momento, quando ela caminha até os janelões em frente ao mar, para diante deles, apoia-se e ali encosta a testa, por um bom tempo, em silêncio.

As longas pausas compõem Maggie, tanto quanto suas falas. O teatro é feito de palavras, obviamente, mas não apenas — obviamente, de novo. Pausas fazem a riqueza da interpretação dos melhores atores e atrizes. Bibi Ferreira e Fernanda Montenegro, para ficar com dois grandes exemplos brasileiros, sabem utilizá-las com maestria, na conquista e domínio de plateias. O silêncio, por vezes, como teria escrito Thomas Carlyle, pode ser mais eloquente do que as palavras.

Mais de uma situação da novela, que ajuda a dar consistência a Maggie na prosa, se mostrou imprópria, por vezes ineficaz, na versão para o palco. Percebi algumas delas logo na primeira leitura pública, no palco da Fliporto, em novembro de 2012, no Recife, com Christiane Torloni no papel de Maggie, dirigida por José Possi Neto, e as troquei ou, simplesmente, eliminei.

Uma dessas situações foi o longo tempo que Maggie passava na banheira, num solilóquio que estava entre a rememoração e a ilusão, como se ela se encontrasse em um ritual de purificação, a se preparar para o salto. Troquei por outro tipo de preparação, a meu ver mais comovente, capaz de deixar mais claro o mergulho dela na fantasia, a fuga de Maggie para o delírio capaz de apaziguar a agonia insuportável e as humilhações por que vem passando na *débâcle* pessoal, dolorosamente consciente de que a deterioração de seu cérebro e de seu corpo se tornou irreversível.

Perdi a conta de quantas vezes reescrevi os textos da peça, da novela e deste posfácio comentando as interligações entre eles. Perdi, literalmente, duas versões deste quase ensaio, sumidos em algum universo paralelo de meu computador.

Nas primeiras versões, inclusive na leitura dramática de Torloni e Possi na Fliporto 2012, a música que assombrava Maggie era "Dido's lament", da ópera *Dido e Aeneas*, de Henry Purcell. No Recife ouvia-se a voz da soprano inglesa Janet Baker.

Porém, conforme avançavam as esperanças e os desvarios de Maggie, e as razões de ambos iam se tornando cada vez mais palpáveis para mim, num processo que já vi acontecendo com atores, que se tornam mais próximos de suas personagens à medida que as temporadas de alguma peça continuam, uma outra canção surgiu e ganhou espaço: "Beim Schlafegehen", de Richard Georg Strauss.

A história, em parte lenda, de como "Beim Schlafengehen" foi composta, e do pedido de repouso e paz contidos nela, me pareceu muito mais próxima dos anseios da mulher que volta a seu lugar de origem para se despedir, e que necessita de alívio para suas aflições, do que o acatamento do abraço da morte ("A morte é agora uma convidada bem-vinda") da ária de Purcell.

Maggie conta, perto do fim, "para o homem que só ela vê", a história de como Strauss, sentindo-se velho e desiludido após o fim da Segunda Guerra Mundial, puxa de si derradeiras forças e, utilizando-se de poemas de Hermann Hesse e Josef Von Eichendorff, cria "Beim

Schlafengehen" e outras três composições para soprano e orquestra ("Im Abendrot", "Frühling" e "September"). Mais tarde elas passariam a ser executadas juntas e receberiam o título de *Quatro últimas canções*. Irônica e tristemente, as *Vier letzte Lieder* só tiveram sua primeira audição em Londres, em 1950, um ano após a morte do compositor. Imaginei para a encenação a versão de Jessye Norman (Philips, 1982).

Também ao final de *Boa noite a todos* fica claro onde, quando, com quem e em quais circunstâncias de sua vida Maggie ouviu o recital em que a soprano, cuja voz a deslumbra, canta "Beim Schlafengehen".

A narrativa na terceira pessoa em boa parte da novela pode dar a impressão de encerrar a verdade sobre a trajetória de Maggie. O leitor deve desconfiar. Além de Maggie falar consigo mesma, sem consciência desse diálogo feito de frequentes contestações, o narrador tampouco sabe da suposta verdade e só a conhece, ou acha que conhece, tal como o leitor, à medida que a mulher que está perdendo o controle sobre a memória e o corpo busca ter ao menos o domínio sobre como e quando será seu fim.

Finalmente: os três livros levados por Maggie na mala menor, para seu destino final, o edifício construído sobre a destruição da casa de sua infância, tal como igualmente destruída foi a vizinhança de seus primeiros anos, uma extinção tão radical quanto a de sua memória, quanto a memória de tantos episódios da recente história do Brasil. Na peça, os três livros não são nomeados. São, apenas, "meus três livros preferidos".

No texto em prosa, que permite um tipo de reflexão distinto daquele que ocorre ao espectador sentado na cadeira de um teatro, eu revelo tratar-se da obra de duas poetas que se suicidaram, uma portuguesa, outra americana, mais um terceiro livrinho encapado, sujo e rabiscado, o único objeto que resta a Maggie de uma vida marcada por perdas, desenraizamento e entregas desastrosas a amores inconsistentes.

(Rio de Janeiro, domingo, 2 de fevereiro de 2014)

MOSAICO DE MAGGIE

A memória de Maggie mistura e confunde personagens, lugares, obras e eventos de que foi testemunha — ou assim ela acredita — na segunda metade do século XX e primeira década do século XXI, principalmente aquelas ligadas ao ambiente hedonista de Londres nas décadas de 1960 e 1970, e das celebridades da alta sociedade e do cinema europeus do século XX. Este *Mosaico de Maggie* reconstitui parte dos lapsos da personagem.

(Indicamos as páginas em que estão os trechos, em negrito, na novela e na peça de teatro.)

17 ***Nun der Tag mich müd gemacht***: trecho de "Beim Schlafengehen" ("Ao dormir"), poema de Hermann Hesse utilizado pelo alemão Richard Strauss (1864-1949) para fazer uma das "Quatro últimas canções" (Vier letzte Lieder), compostas em 1948, e que Maggie imagina ouvir interpretada pela soprano americana Jessye Norman. O compositor alemão não viveu para ouvir sua derradeira obra. A estreia aconteceu oito meses depois de sua morte, em maio de 1950, em Londres.

17 ***Thy hand, Belinda, darkness shades me***: trecho da ópera *Dido and Aeneas*, do compositor inglês Henry Purcell (1659-1695). A ária, entitulada "When I am laid on earth" ("Quando eu for sepultada", em tradução livre) expressa o desespero da rainha Dido, de Cartago, que, abandonada por Eneas, clama pela calma que o suicídio poderá lhe trazer. Mais uma vez a morte, nas lembranças de Maggie: "Dido's lament" também é tocada em Londres, todo dia 11 de novembro, na cerimônia em homenagem aos soldados ingleses mortos em combate na Primeira Guerra Mundial.

Thy hand, Belinda, darkness shades me,
On thy bosom let me rest,
More I would, but Death invades me;
Death is now a welcome guest.

Tua mão, Belinda, a escuridão me envolve,
Em teu peito deixa-me descansar,
Mais quisera, mas a Morte me invade,
A morte agora é uma bem-vinda visita.

24 Hey there, Georgy girl, there's another Georgy deep inside: versos da canção "Georgy Girl" (Tom Springfield/Jim Dale), interpretada pela banda australiana The Seekers. Uma das músicas mais tocadas na Inglaterra em 1966 e 1967, serviu de tema para o filme *Georgy Girl* (Silvio Narizzano, 1966). A personagem principal, interpretada pela atriz Lynn Redgrave (1943-2010), era uma típica "jovem moderna" da Swinging London, a agitada Londres dos anos 1960, dividida entre o amor por um homem jovem e pobre (Alan Bates) e o casamento com um viúvo rico (James Mason).

25 Michael York (1942-) é um ator inglês de teatro e galã de cinema, celebrizado por papéis em filmes de grande sucesso como *Cabaré* (Bob Fosse – 1907-1987), e um dos astros da versão cinematográfica da peça *Romeu e Julieta*, de William Shakespeare, dirigida em 1968 pelo italiano Franco Zeffirelli (1923-).

26 Brazil, where hearts were entertaining June: versão para o inglês de "Aquarela do Brasil" (Ary Barroso). Sem o ufanismo do original, a letra americana recordada por Maggie sublinha a imagem de um país tropical morno e romântico, mas onde ao encontro amoroso sob o luar cor de âmbar sucede um amanhã em que tudo isso desapareceu. Foi gravada em 1957 por Frank Sinatra, com a letra em inglês de Bob Russell.

27 um velho filme de Hollywood. Ao contrário do que Maggie acredita, a cena a que ela se refere não é de mais um dos muitos filmes americanos que exploraram o suposto exotismo das culturas da América do Sul. Trata-se de uma produção brasileira, intitulada *Banana da terra*, dirigida por Ruy Costa, com roteiro de João de Barro e Mario Lago e produzida por Wallace Downey. No filme, de 1939, Carmen Miranda (1909-1955) cantava "O que é que a baiana tem" (Dorival Caymmi) e aparecia, pela primeira vez, usando a indumentária e os balangandãs que a caracterizariam, a levariam para Hollywood e a tornariam famosa no mundo inteiro.

28 So goodbye yellow brick road: verso de "Goodbye Yellow Brick Road", música de Elton John e Bernie Taupin lançada em 1973. A letra faz referência ao filme *O mágico de Oz* (Victor Fleming, 1939), baseado no livro de L. Frank Braun. A "estrada dos tijolos amarelos" levava ao lugar "além do arco-íris" onde todos os sonhos da menina Dorothy (interpretada por Judy Garland) poderiam ser realizados.

30 *Komm, süßer Tod*: uma das "69 Canções e árias sacras" de Johann Sebastian Bach (1685-1750), para voz e coro. O primeiro verso, que se repete em todas as estrofes, diz *"Komm, süßer Tod, komm selge Ruh"*, "Venha, doce morte, venha, descanso abençoado".

47 Naquela igreja cristã ortodoxa que virou museu: Hagia Sofia, ou basílica de Santa Sofia (Santa Sabedoria), em Istambul, Turquia, foi construída pelo imperador de Bizâncio Justiniano I entre 532 e 537 para ser a catedral de Constantinopla. Em 1453, com a conquista da cidade pelo império Otomano, que a converteu em mesquita e cobriu os mosaicos, que apenas em 1993 começaram a ser revelados. Maggie tenta se lembrar também dos mosaicos da Basilica di Santa Maria in Trastevere, construída no século III pelo papa Calisto I.

54 no avião brasileiro que se incendiou: referência ao acidente aéreo ocorrido em 11 de junho 1973 com um avião que fazia o itinerário Rio de Janeiro– Londres, com escala em Paris. O piloto foi obrigado a fazer um pouco de emergência a 4 quilômetros do Aeroporto de Orly, em Paris. Houve 123 mortes, e apenas 11 sobreviventes.

56 um desses filmes era sobre um rapaz jovem e magro que se apaixona por uma soprano negra: O filme vagamente recordado não foi uma produção austríaca do marido de Maggie, e sim uma premiada produção francesa de 1981, baseado no romance *Diva*, de Daniel Odier, adaptado e dirigido pelo então estreante Jean-Jacques Beineix (1946-). Mantendo o mesmo título do livro, o filme segue um jovem motoqueiro obcecado pela voz e pela beleza de uma soprano negra (Wilhelmina Wiggins Fernandez, cantora lírica na vida real). O rapaz (Frédéric Andrei) tenta gravar — e assim, de alguma forma, aprisionar — a magia passageira da voz da soprano nas apresentações que ela faz da ária "Ebben? Ne andrò lontana", da ópera *La Wally* (1892), de Alfredo Catalani (1854-1893). Também nesta ópera, como em várias outras obras recordadas por Maggie, a personagem termina por se matar.

58 *You are no longer in Kansas, Dorothy*: No filme *O mágico de Oz,* Dorothy (Judy Garland), depois de ser levada em sua casa por um furacão, diz a seu cachorro, quando pousam em um local desconhecido: "Toto, I've a feeling we're not in Kansas anymore" ("Toto, parece que não estamos mais em Kansas"), uma das frases mais conhecidas do cinema.

59 Salle Pleyel, casa de concertos de música erudita em Paris, França, conhecida por sua excelente acústica.

61-62 *Hey there, you with stars in your eyes*: trecho da música "Hey There" (Jerry Ross/Richard Adler), gravada por diversos cantores em 1954, entre eles Sammy Davis, Jr. (1925-1990). Em seguida, Maggie busca na memória as canções "Smoke Gets in Your Eyes" (Jerome Kern/Otto Harbach), composta para o musical *Roberta* (1933), gravada pelo grupo The Platters em 1958; "A taste of honey" (Bobby Scott/Ric Marlow), escrita para a versão da Broadway da peça *A Taste of Honey* e gravada em 1963 pelos Beatles; "Lovely Rita" (Lennon/McCartney), gravada pelos Beatles em 1967; "Please please me" (Lennon/McCartney), canção dos Beatles de 1963; "I can't get no (satisfaction)" (Jagger/Richards), gravada pelos Rolling Stones em 1965. Cita ainda a atriz inglesa Rita Tushingham (1942-), que atuou na versão para cinema de *A Taste of Honey* (Tony Richardson, 1961), a atriz e cantora Rita Pavone (1945-) e o filme Blow-up, filme de Michelangelo Antonioni de 1966 baseado no conto "Las babas del diablo", de Julio Cortázar, e estrelando Vanessa Redgrave (irmã de Lynn Redgrave, por sua vez a estrela de *Georgy Girl*), com participação da banda The Yardbirds.

63 O sol de York. O filho de York: referência ao primeiro solilóquio da peça *Ricardo III*, de William Shakespeare: "O inverno de nossa desesperança/ já se transformou em um glorioso verão pelo sol de York." Há na peça de Shakespeare um jogo de palavras, que Maggie inconscientemente reproduz, entre sol (*sun*) e filho (*son*). O sol de York (*"sun of York"*) seria Eduardo IV da Inglaterra, filho de Ricardo de York, terceiro Duque de York.

68 ***The art of losing isn't hard to master***: verso do poema "One art", de Elizabeth Bishop, traduzido por Paulo Henriques Britto por "A arte de perder não é nenhum mistério" ("Uma arte", *O iceberg imaginário e outros poemas*, São Paulo, Companhia das Letras, 2001, p. 309). Bishop viveu com Lota de Macedo Soares, paisagista brasileira, entre 1951 e 1965.

73 Sylvia Plath (1932-1963) e **Florbela Espanca** (1894-1930) foram poetisas, a primeira americana e a segunda portuguesa, e ambas suicidaram-se.

81 aquela atriz canadense: Geneviève Bujold (1942-), atriz canadense que interpreta Ana Bolena no filme *Ana dos mil dias* (1969), de Charles Jarrott.

82 Florinda (Florinda Bulcão, 1941-), atriz brasileira que, sob o pseudônimo Florinda Bolkan, teve uma carreira de destaque no cinema italiano. Descoberta pelo cineasta Luchino Visconti (1906-1976), atuou em seu *Os deuses malditos* (*La caduta degli dei*, 1969), em *O anônimo veneziano* (1970), de Enrico Maria Salerno, *Investigação sobre um cidadão acima de qualquer suspeita* (1970), de Elio Petri, e em *Amargo despertar* (1973), de Vittorio de Sica (1901-1974).

86 levei Harry aos melhores teatros de ópera e salas de concerto do mundo. Inclusive aquela que tem uma acústica famosa... Em Berlim Oriental: O prédio de tons amarelos que abriga a Filarmônica de Berlim (Berliner Philarmoniker) foi erguido próximo ao muro de Berlim, mas nunca fez parte da capital da comunista DDR, a República Democrática Alemã. O engano é mais uma traição das lembranças de Maggie. A orquestra, sempre com grandes regentes à sua frente (Sergiu Celibidache, Wilhelm Furtwängler, Herbert von Karajan, Claudio Abbado, Simon Rattle), é considerada uma das dez melhores do mundo. O edifício da Berliner Philarmoniker, de linhas revolucionárias quando foi inaugurado em 1963, numa área então degradada, é criação do arquiteto Hans Scharoun. Sua sala principal tem, entre outras, a característica de permitir visão e audição perfeitas de qualquer assento em que esteja o espectador.

102-103 Audrey Hepburn usou naquele filme com Fred Astaire: Em *Cinderela em Paris* (*Funny Face*, Stanley Donen, 1957), filme coestrelado por Fred Astaire, a personagem de Audrey Hepburn desce as escadarias do Museu do Louvre com um vestido vermelho criado por Hubert de Givenchy (1927-). O costureiro francês também desenhou outro vestido icônico da carreira de Hepburn: o preto básico de *Bonequinha de luxo* (*Breakfast at Tiffani's*, Blake Edwards, 1961).

112 Beim Schlafengehen: além de interpretar as "Quatro últimas canções" de Richard Strauss em salas de concerto, Jessye Norman gravou-as em 1982 para a Philips, com a Orquestra Gewandhaus de Leipzig dirigida por Kurt Masur, e as gravações integraram álbum lançado no ano seguinte, acompanhadas de outros *Lieder* de Strauss.

134 teatro arredondado, forrado de madeira escura: O Concertgebouw, ou Koninklijk Concertgebouw (Real Concertgebouw), em Amsterdã, construído entre 1883 e 1886, é considerado uma das salas de concerto com melhor acústica em todo o mundo. Possui uma sala menor, Kleine Zaal, de formato oval, para recitais. Suas paredes, ao contrário do que a memória de Maggie lhe diz, não são escuras.

146 *You're the top*: canção de Cole Porter composta em 1934 para o musical *Anything Goes*. Os versos a que Maggie se refere, alterando-os com amargura e sarcasmo, são: "You're the top,/ You're the Coliseum,/ You're the top/ You're the Louvre museum."